新潮文庫

お鳥見女房

諸田玲子著

お鳥見女房　目次

お鳥見女房

第一話　千客万来

一

藁葺《わらぶき》屋根の点在する百姓町の向こうに、田畑が広がっている。田畑のなかを縫うように弦巻川《つるまきがわ》が流れ、川の先には鬼子母神《きしもじん》の社を囲むこんもりした森が見える。江戸城の西北、雑司《ぞうし》ケ谷《や》は、四里四方といわれる江戸府中のはずれにある。あたり一帯、鄙《ひな》の香がたちこめている。木々の梢《こずえ》をざわめかせ、作物の葉をそよがせ、川面《かわも》を渡って矢島家の木戸門をゆらす風は、土と水と草木の息吹にむせかえりそうだ。

古ぼけた板塀の上を、かたつむりが這《は》っている。

庭隅に伏せた漬物樽《だる》の下でこおろぎが鳴く。

「早うお逃げなさい」

落ち葉を掃く手を休め、珠世《たまよ》は竹箒《たけぼうき》の柄で、槇《まき》の枝にとまった雀を追い立てた。

格子《こうし》縞《じま》の小袖《こそで》に柿色の昼夜帯をしめ、髪を地味な島田髷《まげ》に結っている。小柄で華奢《きゃしゃ》なのにふくよかな印象があるのは、丸みを帯びた体つきのせいだ。丸顔に明るい目許《めもと》、ふっくらした唇。珠世はよく笑う。笑うと両頬にくっきりとえくぼが刻まれる。そのせいで歳《とし》より若く見えるが、二十三を頭に四人の子持ちである。

小禄《しょうろく》の御家人の家に生まれ、鬼子母神の境内で鬼ごっこをしたり、弦巻川の川原で沢蟹《さわがに》をとったりして育った少女は、長じて婿《むこ》をとり、子を生《な》した。生まれてからずっと同じ組屋敷の同じ家に住んでいるので、我が家と周囲の田園風景は、珠世にとって今や体の一部のようになっている。

庭を丸く掃き終えると、珠世は漬物樽を抱えあげた。茄子《なす》や大根をつけ込むために、朝のうちに洗って庭へ出し、天日で乾かしておいたものだ。

「どんつく、どんつく、どんどんどん」

樽の横腹を平手で叩《たた》きながら厨《くりや》へ戻る。

この時季になると、考えるより先に手が動き、口が動く。鬼子母神のそばに生まれ育った者の習性である。

明日は鬼子母神の御会式《おえしき》。数日間はうちわ太鼓の響きが家のなかまで押し寄せてくる。

「どんどんどん」

勝手口からなかへ入ろうとすると、

「てんてんてん」

なかから太鼓の音がした。玩具《おもちゃ》の太鼓を手にした男児が駆け出してきて、珠世の腰に体ごとぶつかった。

「お祖母《ばあ》さま。お祭に連れて行ってください」

漬物樽を抱えているので、珠世は片手で男児を抱きよせた。

「はいはい。でも御会式は明日からですよ」

男児は新太郎という。小十人組《こじゅうにんぐみ》の家に嫁いだ長女・幸江の五歳になる息子だ。

新太郎の手をひいて厨へ入ると、へっついの前で立ち話をしていた幸江と次女の君江が話を中断して母に目を向けた。

「母上。家のまわりを妙な男がうろついていたそうです」

真先に口を開いたのは君江だ。少女っぽさのぬけきらない十六歳である。

幸江が妹のあとをひきとって、

「うらぶれたなりをした浪人者が、塀越しに一軒一軒なかをのぞいていたのです。わたくしが通りかかると、ぎらついた目でこちらを見て、話しかけようとしたのですよ。薄気味がわるいので、聞こえぬふりをして逃げて来ました」

長女の幸江は器量を見初められ、百三十石の旗本家に嫁いだ。色白細面の上品な目鼻だちはとりすましているようにも見えるが、男まさりで、さばさばした気性である。旗本の妻になっても持って生まれた性格は変わらず、婚家が窮屈なせいか、口実を設けては里帰りばかりしている。

「いったい何者でしょう」

思い出すさえ恐ろしいといった顔で、幸江は身ぶるいをした。

「子攫《こさら》いかも知れませんよ、母上」

君江も眉《まゆ》をひそめる。

「まさか」珠世はこともなげに笑った。「御会式目当てに遠方からやって来て、ついでに知人でも探していたのでしょうよ」

鬼子母神へつづく道には茶店や茶屋が並んでいる。名物の芋田楽や焼き団子、川口屋の飴《あめ》、麦藁細工などを求めようと散策の足をのばす行楽客もいて、社は四季を問わず参詣人《さんけいにん》でにぎわっていた。御会式の前後ともなると、常にも増して人がくり出す。娘たちの手前笑ってごまかしたものの、珠世は、うろんな浪人者が参詣人の一人だとは思わなかった。

この組屋敷には、御鳥見役とその家族が住んでいる。

「御鳥見」とは鷹《たか》の餌《え》となる鳥の棲息《せいそく》状況を調べる役職で、葛西、岩淵、戸田、中野、目黒、品川の六か所にある将軍家の御鷹場の巡検と、鷹狩のための下準備が主たる任務だった。鷹狩の獲物は鶴や鶉《うずら》など鷹場によって異なるが、御鷹部屋で飼育されている鷹の餌は雀。雀の捕獲も大切なお役目のひとつである。

御鷹部屋御用屋敷は、江戸では雑司ケ谷と千駄木の二か所にあった。ここ雑司ケ谷の御用屋敷は鬼子母神の北東にあり、広壮な敷地を擁する。ここでは鷹匠が鷹の飼育をしていた。

矢島家は代々御鳥見役を務めている。八十俵五人扶持《ぶち》に、十八両の伝馬金をいただく身分である。当主は珠世の夫の伴之助《ばんのすけ》で、嫡男《ちゃくなん》の久太郎《きゅうたろう》も見習い役として出仕している。久太郎は十人扶持に伝馬金同じく十八両。珠世の父の久右衛門《きゅうえもん》も、今は隠居の身だが、現役時代は御鳥見役を務めた。珠世の祖父の久兵衛は御鳥見役在職中に不慮の死を遂げている。

三代にわたる男たちを見てきた珠世は、公のお役目とは別に、御鳥見役に裏の任務があることに気づいていた。父や夫から打ち明けられたわけではない。父娘、夫婦の間の暗黙の了解である。

うろんな浪人は、裏の任務にかかわる男ではないか——。

不安が胸をよぎる。

「いずれにしても、御会式はあの人出です。なかには子攫いがいないとも限りません。新太郎どのを一人で表へ出さぬよう。目を離してはなりませんよ」

娘たちに不安を抱かせぬようにと気遣いながら、珠世はやんわりと釘《くぎ》を刺した。


自室の縁側で、久右衛門は煙管《きせる》片手に庭を眺めていた。

久右衛門は六十七になる。

朝夕一刻ずつ、速足で歩きまわる鍛練はいまだつづけているものの、さすがに近頃では足腰に衰えを感じていた。

お役を辞した上は鍛練など不要——そう割りきって楽隠居を決め込むことが出来ないのは、ひとつには風流とは無縁の暮らしをしてきたせいである。だいいち茶の湯も俳諧《はいかい》も銭がかかる。隠居暮らしを楽しむほどの蓄えはない。今ひとつ、それより大きな理由は、危難と隣合わせのお役目を勤め上げた男の習性だった。

組屋敷の家はいずれも七十坪ほどだ。幸江が嫁にゆく前、久右衛門の老妻がまだ存命だった頃は、狭い家に八人の家族がひしめいていた。今は伴之助・珠世夫婦と三人の子、それに久右衛門の六人暮らしである。それでも幸江が子連れで里帰りをすれば、たちまち家は満杯になる。

別宅を持つ身分になってみたいものよの――。

ゆったりした家で、風流に親しむ。ときには客を招き、句会など催す。ふと思い、いやいや、さようなものはいらぬ――。

久右衛門は眉根を寄せた。

隠居用の別宅はないが、かつてお役目で遠出をした際、一年ほど借家住いをしたことがある。その家には悲惨な思い出があり、身を切られるような別れの記憶があった。

久右衛門は煙管を吸い込んだ。空のかなたに届けとばかり煙を吐き出す。煙はあえなく霧散した。晩秋の空は顔色ひとつ変えない。

このところ、やけに肩が凝るのう――。

拳《こぶし》で肩を叩きながら、庭に視線を戻した。珠世が掃き集めた落ち葉は早くも風に乱され、庭一面にちらばっている。

見るともなく眺めていると、落ち葉の上に雀が舞い降りた。とっさに身を乗り出す。自分のその動作に、久右衛門は苦笑した。

「ずいぶん殺生をしたものじゃ」

口のなかでつぶやいたとき、鋭い双眸《そうぼう》は雀ではなく、その向こうの虚空《こくう》を見据えていた。

「幸江が参りましたよ」

珠世が入って来た。老父の膝元《ひざもと》に湯飲みを置いて話しかける。

小柄ながら筋骨逞《たくま》しい体を丸め、久右衛門は灰吹きを引き寄せた。煙管を置き、湯飲みに手を伸ばす。

「今しがた新太郎を連れて挨拶《あいさつ》に参った」

「さようでしたか」

珠世はその場に膝をついたまま、老父の横顔を眺めた。口をすぼめて茶をすすると、口許に深いしわが刻まれる。鬢《びん》においた白髪もまた少し増えたようだ。

「幸江が妙な浪人を見かけたそうです。家のまわりをうろついていたとか」

言おうかどうしようかと迷ったすえ、珠世は打ち明けた。

久右衛門は眉をひそめただけで、応《こた》えなかった。

「明日からはまた、にぎやかになりますね」

話題を変えた。

「うむ」

「今宵《こよい》は主《あるじ》どのも久太郎どのも、早めに戻るそうです」

葛西や岩淵、品川の鷹場へ出かけた日は、泊まりになることもある。今日は目と鼻の先の御鷹屋敷での勤務だった。

珠世は腰を浮かせた。

「久之助はどうした」

「道場へ行くと申して出かけましたが。鉄砲玉ですから、いつ帰るものやら」

次男の久之助は、子供の頃から気が強く、手におえない子供だった。しょっちゅう祖父に叱《しか》られていた。だが、剣術の腕はだれにも負けない。それだけは久右衛門も一目置いている。

両手に湯飲みを包み込み、顎《あご》を突き出して、久右衛門は茶をすすった。珠世は老父を気づかわしげに見守る。

「お風邪を召されませぬように」

衣桁《いこう》から羽織を取ってきて、父の肩にかけてやった。一礼して席をたつ。

珠世が出て行くと、久右衛門は表情をひきしめた。

浪人……はて――。

記憶のなかの顔を次々にたぐりよせる。

茶の間から新太郎のはしゃぐ声が聞こえた。その声を追いかけるように、孫娘たちの笑い声が流れてくる。

平穏な暮らしのありがたみは、そこにどっぷりひたっている者にはわからない。

煙管を取り上げ、久右衛門は灰吹きにとんと灰を落とした。

二

見かけない娘だった。

浅黒い肌に切れ長の目。双眸に思い詰めた色を浮かべている。

「お手合わせを」

一歩も退《ひ》かぬ構えに、久之助は困惑した。

「お師匠さまはお留守です」

「ご貴殿にお手合わせを、と、お願いしております」

「しかしそのほうは女子《おなご》……」

「女子とは手合わせ出来ぬと申されますか」

強い眼光にひたと見据えられ、久之助は唇をゆがめた。

下雑司ケ谷《したぞうしや》町の大通りを東南へ下り、目白坂を越えた関口駒井町にある道場は、馬庭念流《まにわねんりゅう》の流れを汲《く》む。剣の名人・樋口十郎兵衛の孫弟子にあたる栗橋定四郎《じょうしろう》がひらいたもので、小さいながら、弟子の藩士が次々に御前試合に勝つという快挙がつづき、このところ評判になっていた。

久之助も高弟の一人に名を連ねている。強面《こわもて》の道場破りなら打ち負かす自信があったが……相手が若い娘となると、さあ来いと応じる気にはなれない。

女子の相手など出来るか――。

憮然《ぶぜん》とした顔をしていると、

「相手をしてやれよ」

同じく高弟の一人、菅沼隼人《はやと》が声をかけた。禄高百俵の御徒目付《おかちめつけ》の嫡男で、久之助と同じ十九歳。道場仲間でもあり、遊び仲間でもある。

「背中を見せては武士の名がすたるぞ」

「だったらおぬしが手合わせをしてやったらどうだ」

「だが、おぬしを名指ししておる」

ぐずぐず言い合っていると、娘は腰を浮かせた。

「栗橋道場の看板剣士は女子が怖くて逃げ出したと、笑い者になりましょう」

娘の言葉に、久之助は眉をつり上げた。

「だれが怖いと申した」

「では、なにゆえ、逃げ腰になるのです」

「逃げ腰になっておるのではない。手加減せねばならぬ試合がうっとうしいだけだ」

むっとして言うと、娘も色をなした。

「手加減してくれなどと、申した覚えはありません」

「はじめから勝負にならぬわ」

「なるかならぬか、試してみなければわかりません」

こしゃくな女め——。

久之助の頭にかっと血が昇った。

「さほどに申すなら、相手になってやろう。手加減せぬゆえ、覚悟しろ」

「望むところです」

娘はわずかに頰をゆるめた。眼光がやわらぐと、女らしさが匂《にお》い立つ。

ちっ。女子と手合わせとは——。

久之助は仏頂面《ぶっちょうづら》で木刀を取り上げ、一本を娘に放った。

娘は片手で器用に受け止め、

「わたくしの名は沢井多津《たづ》。よろしゅうお願いいたします」

木刀を膝元に置いて、きちんと床に両手をついた。

隼人に合図をして、久之助は木刀を構える。

袴《はかま》の裾《すそ》をはらって、多津も正眼の構えをとった。

一瞬の間をおいて、久之助は気合とともに踏み込んだ。小手試しにくり出した木刀を、多津は難なく捌《さば》いた。すり足で間合いを計っておいて、八双の構えから一気に打ち込んでくる。女とは思えぬ敏捷《びんしょう》な動きに、久之助は目をみはった。

これは――。

余裕を持って払いのけはしたものの、刀身から手首に伝わってくる力には、並の男なら堪《た》えきれぬほどの烈《はげ》しさがある。

久之助は表情を引きしめた。無念無想の境地に己を追い込み、上段に構える。気合と共に、多津は突きをくり出した。久之助はその機を逃さず、木刀を振り下ろす。動きを見越していたように、多津は一気に跳ね上げ、返し刀で久之助の肩口を狙《ねら》って打ち込んできた。脇《わき》へ飛びのき、間一髪でかわすと、今度は下段から息もつかせぬ速さで打ち込んでくる。刀先をとらえ、二人は烈しい鍔《つば》ぜり合いになった。

馬庭念流は勝つことより負けないことを主眼とした流派である。多津の技は、久之助の知るどの流派ともちがっていたが、明らかに勝つことを主眼とした剣技だった。加えて、多津には裂帛《れっぱく》の気迫がある。勝負は簡単にはつかなかった。

どのくらい競《せ》り合っていたか。

玄関で人声がした。多津ははっと耳をそばだてた。久之助はその一瞬を逃さなかった。すかさず振り下ろす。多津の手から木刀が飛んだ。

「わたくしの負けにございます」多津は膝をついた。「ご無礼つかまつりました。礼を申します」

久之助に向かって深々と一礼する。

久之助と隼人は顔を見合わせた。それ以上、言葉を交わす間はなかった。呼び止めようとしたときは、もう稽古場《けいこば》を飛び出している。

玄関から栗橋定四郎と多津の声が聞こえた。ふた言み言で、あとは定四郎が弟子になにか言う声だけが聞こえてくる。

久之助は汗をぬぐい、居住まいを正して、師匠が稽古場へ入って来るのを待った。

定四郎は五十をひとつふたつ過ぎた年齢の、白髪瘦身《そうしん》の男である。若い頃は無頼の徒だったというが、温厚な顔貌《がんぼう》から当時をうかがうことは出来ない。だがひとたび木刀を手にすれば、負け知らずの豪胆さがのぞく。

「あの娘御と手合わせをしたそうだの」

入って来るなり、定四郎は久之助に目を向けた。

「勝手な真似《まね》をいたしました」

久之助は神妙に応えた。

「けしかけたのは拙者です」

隼人が横から口をはさむ。

「礼を言うておった」定四郎は久之助の顔に目を据えた。「見事にやられましたと」

「いえ……」久之助は苦笑した。「それがしが勝ったは、まぐれのようなものです。いっこうに勝負がつかずあせっていたとき、先生のお声が聞こえ、それで相手に隙《すき》が生まれたのです」

実際、あの一瞬の油断をつかなければ、勝ちは覚束《おぼつか》なかったかもしれない。そう思うと、あらためて多津という娘に好奇心が湧《わ》いた。

「先生はあの娘に逢ったことがおありなのですね」

「昨日、訪ねて参っての、稽古をつけてもらいたいと申した。子細ありげな様子ゆえ、事情があるのかと問うたところ、ある、と応えた。なれば言ってみろ、訳を話せば、つけてやらぬことはない、さように応えたのだが……」

「話さなかったのですか」

「いや。話した」

「訳とは……」

「敵《かたき》を追って江戸へ参ったそうな。鬼子母神の近くで敵に出会ったと」

「鬼子母神！」

「うむ。その場は見失ったが、思い当たる場所があるそうな。近いうちに見つけ出して果し合いをすることになるゆえ、その前に、腕を試してみたいと言うのだ」

　久之助は合点した。

　多津という娘には、単なる腕試しというには烈しすぎる気迫があった。気迫というより殺気と言ったほうがいい。命を賭《と》した果し合いを念頭においていたからこそ、あの殺気が生まれたのだろう。

「先生はだが、稽古をおつけにならなかった。なにゆえですか」

「殺し合いのために剣術を教える気はない。敵討ちなどばかげたことだ。止《や》めよ、と諭した。敵討ちを断念し、剣技を究《きわ》める気になったら来い。そのときは稽古をつけてやる。そう言って追い返したのだが……」

　多津は断念しなかった。定四郎の留守を狙って、今度は久之助に手合わせを挑んだ。なればあの娘、なんとしても果し合いをする気か――。

　思い詰めたまなざしが目に浮かぶ。久之助の胸はざわめいた。小生意気な娘だったが、なぜか気にかかる。といって名前しかわからぬのでは、敵討ちを止めるどころか、居所を知る手だてすらなかった。

「あの娘に尾《つ》け狙われる輩《やから》にだけはなりたくないものだ」

道場からの帰り道、隼人は真顔で言った。

「相手も相当の手練《てだれ》やも知れぬ」久之助は眉《まゆ》をひそめる。「先生の高名を耳にして、わざわざ稽古をつけてくれと頼み込んだくらいだ」

隼人は「うむ」とうなずき、「惜しいの」とつぶやいた。

「凄《すさ》まじい死闘になるにちがいない。ぜひとも観戦したいものだ」

三

板塀に目をやり、珠世は凍りついた。

晒台《さらしだい》の生首よろしく、男の顔がのぞいている。

ごつい顔だった。大ぶりの目鼻のなかでも、ことに目がぎょろりと大きい。日焼けした顔を薄っすらと不精髭《ぶしようひげ》がおおっている。うなじでひとつに束ねた総髪は、本来の毛質か、長いこと洗っていないのか、ごわごわで灰色にくすんでいた。

男も目をみはった。縁側に座している女を見つめ、思案している。

ふたりは黙したまましばし見つめ合った。すると不思議なことに、珠世のなかからすーっと恐怖が遠のいた。

珠世はあらためて男の顔を観察した。恐ろしげに見えた顔が、よくよく見ると、滑稽味のある顔に見えてくる。目許《めもと》は明るく口許はやさしく、敵意は微塵《みじん》もない。

「どちらさまですか」

手にしていた大根を脇へ置き、珠世は訊《たず》ねた。

両頰に刻まれたえくぼを見て、男もつられたように人なつこい笑みを浮かべる。

「石塚源太夫と申す不肖の輩《やから》にござる」

「我が家になにかご用でしょうか」

「いや……」一旦、口ごもり、源太夫は気を取り直したように言った。「実は人探しをしております」

「尋ね人のお名は？」

「久右衛門どの」

珠世は息を吞《の》んだ。

「して、そのお方の苗字《みょうじ》は？」

「さあ」源太夫は首をかしげた。「御鳥見役を務める久右衛門どのとだけ」

「おいくつくらいのお人でしょう」

訊ねた珠世の声はうわずっていた。

「お達者にござれば、六十か七十になっておられるはず。おう、そうか。となると、もはやご隠居なされておるやもしれぬの。小柄でがっちりした、鋭い目のご仁にござる」

珠世はごくりと唾《つば》を呑み込んだ。

「そのご仁に、いかようなご用がおありなのですか」

差し出がましいとは思ったが、訊《き》かずにはいられなかった。源太夫の顔に殺意は見えないが、万が一、ということもある。

源太夫は屈託のない顔で、

「昔の知り合いにござる。困ったことが起きたら訪ねて参れと言われておりました。そのことを思い出し、藁《わら》にもすがる思いでやって参ったのでござる」

そう言うと、けげんな顔で家の奥を透し見る。

「こちらのお宅は？」

「矢島伴之助の家です」

「はあ……」

「だれぞ、久右衛門の家だと言ったのですか」

「はあ。あ、いや。なにかのまちがいにござろう。久右衛門どのは豪壮なお屋敷にお住まいとうかごうております。ご家族もおらず、お一人住まい、側仕《そばづか》えの女たちに囲まれ、悠々自適のお暮らしをされておられるとか。部屋が余っておるゆえ、遠慮はいらぬと仰《おお》せになられ……」

珠世は吹き出した。澄んだ声でころころ笑う。

たしかに、源太夫が探しているのは父にちがいない。いつ、どこで、どうめぐり逢ったのか。家では寡黙《かもく》で頑固な父が、源太夫に大言壮語を吐いた。おおかた旅先で酒でも飲み、気が大きくなって法螺話《ほらばなし》をしたのだろう。父のそんな姿を想像すると、無性におかしかった。

珠世が突然、笑い出したので、源太夫は目を丸くした。

「どうかなされたか」

「いえ、なにも」

「この組屋敷には、久右衛門と名乗るご老人はおられぬらしい」

源太夫は深々と吐息をついた。

「それがしは小田原藩の侍にござっての、故《ゆえ》あって脱藩いたし、江戸へ出て参った。久右衛門どのにぜひともご相談にのってもらいたいことが出来《しゅったい》いたし、御用屋敷を訪ねて御鳥見役組屋敷の場所を教えてもろうたのだが……」

千駄木と雑司ケ谷、双方の御用屋敷の周辺にちらばる御鳥見役の組屋敷をひとつひとつ訪ね歩いたが埒《らち》が明かなかったと、源太夫はため息をついた。

矢島という苗字がわかればともかく、名前しかわからない。しかも久右衛門は隠居の身だ。探し出すのはむずかしい。

「お待ちください。すぐに参ります」

珠世は大根を縁側の隅に片寄せ、沓《くつ》脱《ぬ》ぎ石の上の草履を履いて庭へ下りた。大根は近所の農家から安く買い求めたものだ。軒に吊《つ》るして干し大根にしようと、一本一本紐《ひも》でしばっていたところである。

板塀の上から突き出た源太夫の顔を横目で見ながら、珠世は庭をよぎり、木戸門から表へ出た。

門前に立ってはじめて、源太夫の全身が見えた。

源太夫は見るからにうらぶれていた。羽織袴《はかま》は色あせ、埃《ほこり》にまみれている。袴の一か所がほころび、布端がだらしなく垂れ下がっていた。このなりで組屋敷の家々をまわってもまともに相手にされるはずがない。「薄気味の悪い浪人者」と眉をひそめた幸江の顔を思い出して、珠世はなるほどとうなずいた。

「どうぞ、お入りください」

気味がわるいとは思わなかった。

手招きをすると、源太夫はいぶかしげな顔で近づいてきた。

「しかしここは……」

「久右衛門の家にございます。わたくしは娘の珠世」

「なんと」

「父は出かけておりますが、ほどなく戻りましょう。足腰の鍛練だと、朝夕、家のまわりを歩きまわっているのです」

珠世がうながすと、源太夫はうれしそうについてくる。玄関へまわり、つかつかと上がりこもうとする源太夫を引き止め、珠世は厨《くりや》に声をかけた。

客人と聞いて濯《すす》ぎ桶《おけ》を運んできた君江は、源太夫を見て棒立ちになった。

「なにを突っ立っているのです。こちらはお祖父《じい》さまのお客人です。さ、お御足《みあし》を濯いでおあげなさい」

母に言われ、君江はこわごわ源太夫の足元にうずくまる。

源太夫が草鞋《わらじ》を脱いで足を桶に突っ込むと、水がたちまち真っ黒になった。はじめはそろそろと、次第に力を入れて雑巾《ぞうきん》を使いはじめた娘に、

「こちらは、娘御か」源太夫は親しげな笑顔を向けた。「厄介をかけるのう」

君江は目を上げた。引きこまれるように源太夫の顔を見つめる。いいえ、と首を横に振ったとき、君江の口許から微笑がこぼれた。

珠世は源太夫を、玄関脇《わき》の小部屋に案内した。

久右衛門の部屋、主夫婦の部屋、嫡男《ちゃくなん》の部屋、二つに仕切って久之助と君江が使っている六畳間、あとは茶の間と納戸《なんど》と玄関脇の小部屋があるだけの家である。普段は着物を畳んだり熨斗《のし》をかけたりと仕事部屋になっているが、客がくれば、小部屋は即、客間に早変わりする。

部屋の片隅に、風呂敷包みが置かれていた。幸江と新太郎の手回り品だ。他に部屋がないので、二人はここに寝泊まりすることになっている。

珠世にうながされ、源太夫は形ばかりの床の間の前にしゃちほこばって座った。腰の刀は脇に置く。

「ただいまお茶をお持ちします」

珠世が腰を浮かせると、

「いや。それがしのことならお構いなく」

大仰に片手を振った。物珍しそうに部屋のなかを見まわしている。

珠世が生まれる数年前、大火に遭って新築したという家は、畳こそ何度か張り替えをしたものの、四十余年の歳月がしみついて、どこもかしこも古ぼけていた。小禄《しょうろく》の御家人なので修繕しようにも先立つものがなく、手入れもままならない。壁のしみは暦を貼《は》って隠しているが、天井の雨じみまでは隠しようがなかった。

久右衛門の話とはだいぶちがう――源太夫は内心、あてがはずれたと舌打ちしているのではないか。珠世は源太夫の表情をうかがった。

無心に眺めてはいるものの、源太夫は別段、落胆しているようには見えない。

「まもなく父も戻りましょう。お楽にお待ちくださいませ」

珠世は挨拶《あいさつ》をして、部屋を出た。厨へ行き、君江に手伝わせて茶をいれる。そこへ、幸江が帰ってきた。新太郎をすぐそばの空き地で遊ばせていたという。

珠世は娘たちに、源太夫との埒越しのやりとりを話して聞かせた。

茶菓をのせた盆を手に小部屋へ戻る。

源太夫の膝《ひざ》に、新太郎がいた。目を輝かせてなにかしゃべっている。源太夫は、これもうれしそうにうんうんとうなずいている。二人は声を合わせて笑い、同時に顔を上げて、珠世を見た。

「お祖母《ばあ》さま。明日は源太夫どのが鬼子母神へ連れて行ってくれるそうです」

新太郎がはずんだ声で言う。

「明日」という言葉に面食らったものの、

「それはよかったこと」

珠世は笑顔でうなずいた。

「源太夫どのは子供がお好きなのですね」

「はあ。それがしも子がおるゆえ、遊び慣れておるのです」

珠世はそれ以上、訊ねなかった。玄関に人の気配がして、

「お祖父さま。お帰りなさいませ」

と、君江の声が聞こえたからである。

あとになって、もっとよく訊いておけばよかったと悔やんだ。が、訊いていたらどうなったかといえば、やはり同じ結果になっていたにちがいない。

「あちらでお遊びなさい」

珠世は新太郎を追い立てた。新太郎が名残惜しそうに出て行くと、入れ替わりに久右衛門が入って来た。君江から客人の風貌《ふうぼう》を聞いてもだれかわからず、今、目の前で

見ても思い出せないらしい。

一方の源太夫は、久右衛門を見るとなつかしそうに目を瞬《しばた》かせ、がばと畳に両手をついた。

「お久しゅうござる」

久右衛門は狐につままれたような顔をしている。

「石塚源太夫どのと申される、小田原藩のお侍さまだそうにございますよ」

珠世が言葉をそえた。それでも思い当たるふしはないらしい。

「小田原藩……と申すと」久右衛門は首をかしげ、「たしか相模に参ったは、わしが五十二いや、三のときだったか」

源太夫は膝を乗り出した。

「それがしが二十のときにござるゆえ、十四年前になります」

「二十歳とな」

久右衛門はまじまじと源太夫の顔を眺めた。不精髭《ぶしようひげ》を生やし、うらぶれた中年男の顔から二十歳の頃の面影を探り出そうとしている。

源太夫はなおも膝を進めた。

「お忘れにござるか。久右衛門どのが我が藩の藩士にからまれ……」

久右衛門は眉間《みけん》にしわを寄せた。

「許可なくあたりを写生しておったと、難癖をつけられ……」

御鳥見役の裏の任務に、江戸周辺の地理や地形の調査がある。他藩に攻められたときの防衛策として、地図を作成するためだ。御鳥見役の役料に野扶持と伝馬金が付加されているのは、その際の出張費である。

久右衛門がまだけげんな顔をしているので、源太夫はむきになってつづけた。

「ほれ、やり合うておるところに、それがしが間に入ってことを丸く収めた。久右衛門どのは、この恩は忘れぬと申され、そのあと、伝馬町の居酒屋で……」

「居酒屋？」

「共に酒を酌《く》み交わし」

「酒を、のう……」

「肴《さかな》に味噌《みそ》田楽《でんがく》を食うたら、江戸のお住まいの近くに神社があり、そこの芋田楽は絶品だ。おぬしにも一度食わせてやりたいと申されて……」

「おう」久右衛門は膝を叩《たた》いた。「そこもとはあの折りの」

「さようさよう。おなつかしゅうござる」

感極まったとみえ、源太夫は盛大に鼻をすすり上げた。

珠世は二人の顔を見比べ、笑いをこらえる。聞いてみれば、「昔の知り合い」というのは、たった一度、味噌田楽を肴に酒を酌み交わした仲、ということらしい。

源太夫の大げさな感激ぶりに、久右衛門は当惑していた。それでも、無聊《ぶりょう》を託《かこ》つ隠居の身に、訪問客はうれしい驚きにはちがいない。

「十四年も昔のことを記憶に留め、はるばる訪ねてくだされたとはの。いやはや、長生きはするものだ。ええと、なんと申されたか」

「石塚源太夫さま」

「おう、そうそう、源太夫どの。旅程の都合がつくようなら、今宵《こよい》は夕餉《ゆうげ》でも食うて行ってくだされ。そうじゃ、珠世、君江に芋田楽を買いに行かせなさい」

「はい」と、珠世は笑顔でうなずく。「そういえば父上、源太夫どのは父上になにやら相談ごとがおありだそうですよ」

珠世の言葉に、源太夫は身を乗り出した。

「実は、ぜひともお力をお借りしたきことがあるのです」

源太夫のごつい顔がにわかにかき曇る。

久右衛門は珠世に目を向けた。

珠世は心得て席をたつ。厨に戻り、君江に手伝わせて夕餉の支度にとりかかった。

二人はなんの話をしているのか——。

ときおり小部屋から、久右衛門の当惑したような相槌《あいづち》がもれてくる。

なにやら胸騒ぎがした。聞き取れないのは承知しながら、珠世は手を休め、小部屋の会話に耳を澄ませた。

四

下雑司ケ谷町の大通りを折れ、本住寺の竹垣に沿って東北へぬける路地を、通称・幽霊坂という。

久之助が「おや」と足を止めたのは、幽霊坂へさしかかったときだった。

見たような後ろ姿が、数歩先を歩いている。夕暮れどきで、後ろ姿が茜色《あかねいろ》に染まっていた。縞《しま》小袖《こそで》に野袴、頭上でひとつにくくった長い黒髪が、歩くたびに左右にゆれている。脇差を帯びた姿は男とも見えるが、肩や腰の華奢《きゃしゃ》な線はあきらかに女だ。

——沢井多津！

多津は敵を追っていると言っていた。鬼子母神の境内で敵に出会ったというから、この界隈《かいわい》を捜しまわっているとしても不思議はない。

かろうじて勝ちはしたが、多津は久之助を手こずらせた対戦相手だった。今一度、逢いたいと願っていた。その日のうちに再会出来るとはよほど縁があるのだろう。久之助の胸は高鳴った。

あとを尾《つ》けようか。いや。多津のような女に、姑息《こそく》な手は使いたくない。

久之助は足を速めた。

「それがしの家はすぐそこだ。このあたりのことには詳しいゆえ、手助けいたそう」

肩を並べ、前方を見据えたまま話しかけると、多津は驚いて足を止めた。

「手助けなら無用です」

凜《りん》とした口調で言ったところで、ふっと口許《くちもと》をほころばせる。

「……と言いたいところですが、正直言って助かります。江戸へ出て半月、右も左もわからず難儀しておりました」

多津は意外にも素直に、久之助の申し出を受け入れた。自分を打ち負かした久之助の腕に感服し、心を許したものらしい。

「江戸へ参って、自分が井の中の蛙《かわず》と思い知りました」

怖いもの知らずで剣の達人・栗橋定四郎に稽古《けいこ》を請《こ》うた。ところが、その弟子に打ち負かされた。そのことを、多津は恥じている。

「多津どのの敵とは、いかような男ですか」

「神道無念流《しんとうむねんりゅう》の達人です」

「その男がなにゆえ……？」

「故《ゆえ》あって果し合いとなり、わたくしの父を殪《たお》しました。そのあと、藩主の許しを得て脱藩、江戸へ出奔したのです。わたくしはこの手で父の汚名を晴らしたく、あとを追って参りました」

多津は淡々と語る。冴《さ》え冴えとした横顔に、久之助は見とれた。

「敵討ちの御免状は？」

「ありません。なれど正々堂々と果し合いを挑めば、先方も剣の達人、受けて立たざるを得ないはずです」

御免状のない敵討ちはご法度《はっと》である。果し合いを仕掛け、たとえ勝ったにしろ、多津はお咎《とが》めを受けることになる。

久之助は、道場で対戦したときの多津の思い詰めたまなざしを思い出していた。

「敵の居所に心あたりがあるそうだが」

「わたくしが調べましたところでは、出奔する際、かの者は兄夫婦に、江戸の知人の住所を二、三言い置いていったそうです。わたくしは一軒一軒訪ねました。ですが、なにか不都合があるのか、腰が落ちつかぬとみえ、いずれも数日で引き移っております。これまでは後手後手にまわって取り逃がしてしまいましたが……」

残った一か所が、この近辺だという。

幽霊坂をぬけると、眼前に田畑がひらけ、その向こうに鬼子母神の社の森が見えた。

「で、その、最後の一か所とは？」

久之助は訊《たず》ねた。

多津はきっと宙をにらんだ。

「御鳥見役を務める久右衛門どのと申すお方の家です」

「お祖父さまが、奥の間へ参るようにと仰《おお》せです」

小部屋へお茶を取り替えに行った君江が、戻って来て母に告げた。

珠世が奥の間へ行くと、久右衛門は困惑の体《てい》で待ち構えていた。

「源太夫どのは？」

「小部屋におる」

「なにか困ったことでも？」

久右衛門は重苦しい吐息をついた。

「しばらくこの家に置いてもらえぬかと申すのだ」

そういうことだったのかと、珠世は合点した。源太夫は新太郎に、明日、御会式に連れて行ってやると約束したという。はじめからそういう肚《はら》だったのである。

「藩でいざこざがあったらしい。脱藩したのは藩主の許しを得た上でのことじゃが、口論から人ひとり斬《き》ったそうだ」

「斬った？」

珠世はかすれた声で訊《き》き返した。風貌こそ一人や二人難なく斬ってのけそうに見えるが、源太夫の邪気のない笑顔、おだやかなまなざしは殺生とは結びつかない。

「斬ったと申しても、果し合いの上でのこと。自ら願い出て浪々の身になったものの、江戸もこの通りのありさまじゃ。食うに食えず、困窮して我が家を訪ねたそうな」

久右衛門は顔をゆがめた。

旅の恥はかき捨てとはいえ、広壮な屋敷に一人で住んでいると、十四年前大法螺《おおぼら》を吹いた。藩士が藩を捨てて江戸に出るなど、通常ではあり得ない。安心しきって口をすべらせたばかりに、とんだことになってしまった。身から出た錆《さび》である。さすがに狼狽《ろうばい》し、己の一存では決められず、娘に相談を持ちかけた、というわけである。

「それだけならまだよいのだが……」久右衛門は今一度、太い息を吐き出した。「斬られた男の娘御が、敵討ちを仕掛けようとしておるらしい」

「娘御が？」

「先日、鬼子母神の境内でその娘に出会《でお》うたそうな。烈《はげ》しい殺気を感じたという」

「まあ……」

「となると、ますます突き放すわけにもゆかぬ」

名前すら思い出せなかったほどの、遠い昔の淡いつきあいである。とはいえ、源太夫が当時、久右衛門の急場を救ったことはまちがいなかった。はるばる自分を頼って来た恩人を見捨てるのは沽券《こけん》にかかわる。

といって、置いてやりたくても、部屋がなかった。小禄の御家人の稼ぎでは、居候の食い扶持《ぶち》を捻出《ねんしゅつ》するのも並大抵ではない。

頭を抱える父を見て、珠世は即座に肚を決めた。

「源太夫どのの処遇をどういたすかは、今宵、主《あるじ》どのが帰ってから相談いたさねばなりません。ですが、主どのが父上のお決めなされたことに水をさすとは思えません」

当主の伴之助は婿《むこ》養子だ。性格も極めて温厚である。よくいえば律儀、わるくいえば小心で、なにごとも久右衛門の言うなりだった。

「どこぞ働き口を見つけるまでは、ここに置いて差し上げましょう」

久右衛門は救われたように娘の顔を見た。

「部屋はどうする？」

「納戸《なんど》をかたづけます。お一人ならなんとかなりましょう」

「口は災いのもとと申すが……とんだことになったものじゃ」

「源太夫どのは父上の恩人。さようなことを申されては罰が当たりますよ」

二人は連れだって小部屋へ戻った。

源太夫は満面に笑みをたたえて二人を見迎える。

久右衛門は珠世に見せた顔とは一転して、威厳に満ちた表情をとりつくろった。

「先刻の話じゃが、娘にもよう言って聞かせた。見た通り手狭な家だが……」と言ったところで照れくさそうに空咳《からぜき》をする。「心おきのう、滞在なされよ」

源太夫の顔がぱっと輝いた。

「かたじけないっ」

「ほんに狭い部屋しかないのですよ。ですが、ご遠慮はいりません。窮屈でもよろしければお好きなだけいらしてください」

珠世も言葉をそえる。

源太夫は再び感涙にむせび、畳に額をすりつけた。

「お情け、身にしみまする。いかように狭くとも、親子共に暮らせれば重畳《ちょうじょう》にござる。農家の厩《うまや》で寝泊まりしたこともござったゆえ、それを思わば……」

ははは、と、豪快な笑い声をあげた。

珠世は「おや」と首をかしげた。

久右衛門も同じ疑問を抱いたものとみえ、

「親子、と申されたが、そこもとはお子を同道されておられるのか」

と、不安そうに訊ねた。

「近くの百姓家に預けております」

源太夫は悪びれもせずに応えた。

久右衛門と珠世は顔を見合わせた。

「ちょうど新太郎どのも参っております。夕餉には、なんぞお子たちの好きなものをご用意いたしましょう」

驚きが去ると、珠世は笑顔で言った。

今のところ孫は新太郎ただ一人。珠世は子供が好きだ。家のなかで子供たちの声が聞こえるのもわるくない。

珠世の言葉に、源太夫はうれしそうにうなずく。

子供を迎えに行くという源太夫を送り出し、珠世は納戸のかたづけをはじめた。

「数日でよいのです。泊めてやってはもらえませんか」

帰宅した久之助は、母に両手を合わせた。門のほうへ目を向ける。

式台に膝《ひざ》をついたまま、珠世も息子の視線を追いかけた。

門から一歩入ったところに、二十歳前後の娘がいた。浅黒い肌にきりりとしたまなざしが目をひく。男装もさることながら、屈託ありげな表情がせっかくの美貌《びぼう》に翳《かげ》りをそえていた。

珠世の視線を受け止めると、多津は丁寧に辞儀を返した。

珠世は声をひそめて、

「どういうことです、泊める、とは？」

と問い返した。

「栗橋先生に頼まれたのです」久之助は嘘《うそ》をついた。「先生の遠縁の娘御で、名は沢井多津どの。鬼子母神の御会式で人に逢う約束があるというのですが、なにやらこみいった事情があるそうで……御会式の間、預かってくれと頼まれました」

珠世は狼狽した。

新太郎を連れて幸江が里帰りをしている。源太夫が親子ともども居候《いそうろう》することになった。それでなくても手狭な家だ。空き部屋はない。

珠世は、久之助に窮状を説明した。

「お泊めして差し上げようにも、部屋がないのですよ」

そのくらいのことでは、久之助は引き下がらなかった。

多津の敵が久右衛門の知己だということは、道々聞いている。訪ねて来るはずだと多津は確信していた。多津をここに留めおけば、敵討ちの経過が手に取るようにわかる。敵討ちなど止《や》めよと説得するにせよ、助太刀を買って出るにせよ、久之助は己の目でなりゆきを見届けたかった。

「約束のご仁に逢うまででよいのです。部屋がなければ、それがしの部屋へ。それがしは茶の間で寝ます」

「そうは言っても……」

「もう引き受けてしまったのです。いまさら断るは、先生にご無礼です」

次男の久之助は、嫡男《ちゃくなん》の久太郎とちがい、無鉄砲で身勝手だ。突拍子もないことをしでかすのは今にはじまったことではなかった。その上、言い出したら聞かない。

珠世はやむなく折れた。

訳はともあれ、心細げにたたずんでいる娘を見れば、追い返すのも気の毒である。多津は、ときおりよぎる昏《くら》い影を除けば、感じのよい娘だった。いでたちは男まさりだが、かえってそれが娘らしさを匂《にお》い立たせている。

久之助が合図をすると、

「お世話になります」

と、つつましく挨拶《あいさつ》をした。

子細ありげな様子を見て、珠世は胸騒ぎがした。多津はだれかに逢おうとしている。そういえば、源太夫は、果し合いで殪《たお》した男の娘に追われていると言っていた。まさかとは思うが、その娘が多津、ということはなかろうか——。

だが、今さら前言を翻《ひるがえ》すわけにはいかなかった。

久之助を茶の間へ寝かすわけにもいかず、窮屈だが多津には幸江母子と一緒に寝てもらうことにして、玄関脇《わき》の小部屋へ案内する。多津は脇差を置き、厨《くりや》に下りて夕餉《ゆうげ》の支度の手伝いをはじめた。すぐに君江ともうちとけ、言葉は少ないものの、気さくに受け答えをしながらてきぱきと手を動かしている。

珠世は米櫃《こめびつ》を調べ、味噌《みそ》と醤油《しょうゆ》の量を計って、ひそかにため息をついた。

六人家族に、幸江母子を入れて八人、さらに飛入りの客が重なり、都合十一人の夕餉である。これが数日つづくとなると、米も味噌もたちまち底をつきそうだ。

それでも、このときの珠世は事態を楽観視していた。

驚きのあまり腰をぬかしそうになったのは、「ごめん」という源太夫の声を聞き、玄関へ出て行ったときである。

源太夫の後ろから、大木に蟬《せみ》といった恰好《かっこう》で、十組のか細い手足と、五つの小さな顔がのぞいていた。

「こ、これは……」

「拙者の子にござる」

源太夫は熊のような手のひらで順ぐりに小さな頭をつかみ、子供たちの体を前へ押し出した。しかつめらしく一人一人紹介する。

「こいつは長男の源太郎。十になります。これが長女の里。九つ。こっちが次女の秋、七つにござる。おいこら、なにをしておる。こっちへ来ぬか」汚れた足のまま式台へ上がろうとした男児の首根っこをつかむ。「こいつは次男の源次郎で六つ。で、このちびが四つ。こいつは雪という名にござる。今日より厄介になるのだぞ。ほれ、挨拶をせぬか」

道々、復誦《ふくしょう》させられたのだろう。ある者は恥ずかしそうに身をよじり、ある者はう

れしそうに足を踏みならし、ある者はあかんべえをしながら、子供たちはいっせいに、

「お世話になりまあす」

と、声をはりあげた。

いずれ劣らぬ粗末な恰好だ。五人は目を輝かせ、一心に珠世を見上げている。

あまりのことに、珠世は声を失っていた。笑顔を浮かべようにも頬がひきつっている。

動悸《どうき》を鎮《しず》め、ようやくのことで、

「手狭な部屋ゆえ、入りきらぬやも……」

うわずった声で言いかけると、源太夫はこともなげに応《こた》えた。

「ご案じ召さるな。狭いのは慣れております。足と頭を交互にして、体を斜めにすれば、存外眠れるものにござる」

子供たちは玄関の土間を思い思いに飛び跳ねている。

どう見ても武家の子には見えなかった。躾《しつ》ける者もないままに、町家や農家を転々としていたせいだろう。

しばらくお待ちを——珠世は青い顔で厨へ駆け込んだ。

「君江。玄関へ濯《すす》ぎ桶をお持ちしておくれ」

君江が桶を抱えて出て行くのを見て、珠世はちょっと考え、もうひとつ濯ぎ桶を持ち出した。何日も風呂《ふろ》へ入ったことがなさそうな十本の足を洗うには、ひとつでは足りそうにない。

不思議そうな顔で眺めている多津に煮鍋《になべ》の番を頼んで、珠世は濯ぎ桶とありったけの雑巾を抱え、玄関へ戻って行った。

五

その夜の矢島家の夕餉は、ひと言で言って、ちぐはぐな雰囲気に包まれていた。

当主の伴之助と嫡男の久太郎は、放心した顔で箸《はし》を進めている。珠世、久右衛門、久之助からそれぞれに説明を受けたものの、まだ事態が把握できないでいるようだ。うらぶれた浪人と委細ありげな娘、突然湧《わ》き出した子供たちにただただ面食らっている。

久右衛門は仏頂面《ぶっちょうづら》をしていた。源太夫の厚顔ぶりに内心あきれかえっているものの、そもそも自分が蒔《ま》いた種である。文句は言えない。怒りの持って行き場がないので、苛《いら》ついている。

幸江と君江は、子供たちの世話に忙殺されていた。

矢島家では、夕餉は全員そろってとることになっている。が、今宵は茶の間に全員入らないので、女子供は厨の板間に膳を並べていた。

源太夫の子供たちの騒々しさといったら天下一品だった。久々にありついた馳走《ちそう》に先を争ってかぶりつき、叱責《しっせき》などものともせずにしゃべりまくり、そのうちに奪い合いまではじめる。

多津は板間の隅に座を占め、ちらちらと源太夫の様子をうかがっていた。ひょんなことから敵と夕餉の膳を囲むことになった奇遇に、自分でも驚愕《きょうがく》している。

多津が源太夫に気づいたのは、夕餉の席についてからである。顔を見た瞬間、多津の胸はとどろいた。すぐにも名乗りをあげたいと逸《はや》ったものの——多津も源太夫も矢島家の客だった。家の中で事を起こせば、矢島家に迷惑がかかる。それに、子供たちの目もあった。やむなくこの場は見て見ぬふりをすることにして、浮かせかけた腰を下ろした。だが肚が煮え、手が汗ばんで、食事どころではない。

久之助も上の空だった。それとなく多津の様子を観察している。源太夫が多津の敵だということはひと目で気づいたが、これからどうなるのか、どうすべきか、考えが及ばなかった。

二人の思惑を余所《よそ》に、源太夫は平然と飯を食っていた。その合間に、伴之助や久太郎、久右衛門と談笑している。もっともしゃべっているのは源太夫ひとりだ。食い、かつしゃべり、源太夫は意気軒昂《けんこう》だった。一見したところ、多津の存在など気にもとめていないように見える。

「ほう。これが芋田楽にござるか。うむ。素朴な味がなんとも言えぬの」

田楽をぱくつく顔はどこまでも屈託がない。人を斬《き》り、それがために命を狙《ねら》われている男とは思えない。

だが、珠世の目はごまかせなかった。

源太夫は豪胆でもなければ、無神経でもない。なぜ多津がこの場にいるか、とうに見抜いていた。形ばかりの団欒《だんらん》のあとにくるものに気づき、だからこそ、子供たちや矢島家の家人にそれを知られぬよう、わざと磊落《らいらく》にふるまっている。

源太夫が矢島家を訪ねた本当の訳が、今になって珠世はわかったような気がした。鬼子母神で多津に出会った。源太夫はこのままでは済まぬと察知した。自分の身になにかあったときのために、久右衛門に子供たちを託そうとしたのではないか。

多津の思い詰めた顔を見る。源太夫の陽気な笑顔を見る。旺盛《おうせい》な食欲を見せて夕餉をたいらげる子供たちの、無邪気な顔を見る。

なんとしても――。

ことを起こさせてはならない。果し合いをさせてはならない。珠世は思案した。唇を嚙《か》み、拳《こぶし》を握りしめた。

深更。月が出ている。

組屋敷の前の空き地に、対峙《たいじ》する人影があった。

多津と源太夫である。

二人は刀の柄《つか》に手をそえていた。鯉口《こいぐち》はまだ切っていない。

少し離れた場所に、久之助がいた。脇差に手をかけ、二人の顔を等分に眺めている。

「なにゆえ命を粗末にされるのか、拙者には多津どののお気持ちがわからぬ」

穏やかな目で多津を見つめ、源太夫は言った。

「普請《ふしん》の場所や体裁をめぐって、沢井どのと意見が対立しておったのはたしかだ。長年の確執もあった。なまじ好敵手であったがゆえに、一旦決裂すると、二人の仲はこじれにこじれてしもうた。だが、果し合いを挑んだは沢井どののだ。勝負も尋常に行われた」

「わかっております」

多津は燃える目で源太夫を見返した。

「なれど、わたくしは父の墓前に誓いました。いえ。逆恨みで敵討《かたきう》ちをするのではありません。父に代わって、今一度わたくしが源太夫どのに勝負を挑みたいのです。わたくしは父から剣の手ほどきを受けました。父は沢井流の始祖。後継者たる者として、このままでは面目が立ちません。尋常な果し合いをしていただきたいと、こうして頼んでいるのです」

重苦しい沈黙が流れた。

「さほどに申されるなら、いたしかたあるまい」

源太夫は白い息を吐き出した。

多津は振り向き、久之助に軽く頭を下げた。

「久之助どのに立ち会いをお願いいたします」

源太夫に視線を戻して、「いざ」と鯉口を切る。

「お覚悟召され」

「拙者も手加減はせぬぞ」

源太夫の顔つきが一変した。

二人はにらみ合った。抜刀しようとしたときである。

「お待ちなさいっ」

鋭い声が響きわたった。珠世が木立の陰からまろび出る。珠世は片手に短刀をにぎりしめていた。

さっきから息を詰めて、ことのなりゆきを見守っていたのだ。一睡もせずに多津の動静をうかがっていたのも、三人のあとを尾《つ》けてきたのも、こうなることを危惧《きぐ》したからに他ならない。いざとなれば、身をもって二人を諫《いさ》めるつもりだった。

珠世は二人のそばへつかつかと歩み寄り、息をはずませて言った。

「話があります。お二人とも、お待ちなさい」

二人はあっけにとられている。

「今宵の勝負、わたくしが預かります」

「母上」

久之助は母のもとへ駆け寄った。

息子には目を向けず、珠世は多津と源太夫の顔を交互に見据えた。

「源太夫どのは父上のお客人。多津どのは久之助のお客。一旦お預かりした以上、おふた方とも矢島家の大事なお客人です。わたくしの目の届く場所で果し合いなど、ごめんこうむります」

珠世は一歩も退《ひ》かぬ構えだった。

「刀を抜いてはなりません」

源太夫をにらみつける。

「しかしお内儀、勝負を挑まれて逃げるは武士の……」

当惑顔で言い返そうとする源太夫をぴしゃりとさえぎった。

「目と鼻の先でお子たちが眠っていることをお忘れか。果し合いなら、どこか遠くの、お子たちの目や耳の届かぬところでおやりなされ」

珠世は多津に目を向けた。

「多津どの。そなたも刀を収めなさい」

「なれどわたくしは、このために江戸へ出て参ったのです」

「ですから、お待ちなさい、と言っているのです。敵討ちを止《や》めよ、とは言いません。果し合いをするのはそなたの勝手。ただし、源太夫どのが矢島家のお客人である間は、このわたくしが許しません」

「そんな……」

「どうしてもと申されるなら、わたくしがお相手します」

久之助は息を呑《の》んだ。

多津は困惑したように久之助を見た。

多津の視線を受けて、久之助が訊《たず》ねる。

「源太夫どのはいつまで我が家におられるのですか」

「身の振り方が決まれば出て行かれましょう。そうですね、源太夫どの」

珠世が応えた。源太夫は曖昧《あいまい》にうなずく。

多津は悔しげに唇を噛み、しばし考え込んでいたが、「せっかく捜し出したのです」

と、珠世に訴えるようなまなざしを向けた。

「逃げられては元も子もありません」

「さほどに心配なら見張っておいでなさい」

珠世はさらりと言った。これでことは解決したと言わんばかりに短刀を鞘《さや》に収め、ふところへしまう。

「源太夫どのが我が家におられる間は、多津どのもここにいればよいではありませんか」

久之助はあっけにとられた。

「母上……しかしそれでは……」

「多津どのの部屋は玄関の脇です。夜中に逃げ出そうとすればすぐにわかります」

三人の顔を見渡す。

多津と源太夫がやむなく刀を収めるのを見て、珠世は両頰にえくぼを浮かべた。

六

どんつく、どん、どんつく、どんどん……

うちわ太鼓が鳴り響く。

とんつくてんてん、とんつくてん……

子供たちが玩具《がんぐ》の太鼓を打ち鳴らす。

鬼子母神の境内は、御会式に集まった人の群れでごったがえしていた。

迷子になってはいけないと、源太夫は新太郎に肩車をしてやっている。源太郎と源次郎は、左右から久之助の手にぶら下がっていた。

君江は雪を抱いている。

幸江が里と秋に名物の川口屋の飴《あめ》を買ってやるのを見て、男児三人も、飴がほしいとねだった。幸江は三人にも同じ飴を買ってやる。ついでに風車を求め、雪の手に握らせてやった。

少し離れたところで、珠世と多津は子供たちを見守っていた。

「鬼子母神は訶梨帝母《かりていも》という夜叉《やしゃ》なのですよ」

珠世は鬼子母神の謂《いわ》れを話した。

訶梨帝母は千人の子を持つ母でありながら、毎日一人ずつ人間の子をさらってきては食べていた。あるとき自分の子の一人が行方知れずとなり、半狂乱になって嘆き悲しんだ。

「お釈迦《しゃか》さまが訶梨帝母にお諭しになられたのです。千人の中のたった一人の我が子が行方知れずになってさえ、嘆き悲しむのが母というもの。数少ない子を奪われ、食べられた母はどれほど悲痛な思いをしているか……」

訶梨帝母は子供をさらって食べるのを止め、以来、子供の守護神となった。

「親の敵を討ちたいという多津どののお気持ちはようわかります。でもそのために、あそこにいる五人のお子たちは父無《ててな》し子になります」

「………」

「訶梨帝母は我が子を亡《な》くしてはじめて、子を奪われた母の悲しみがわかったのです。お父上を亡くされた多津どのなら、だれよりもお子たちの悲しみがわかるはずではありませんか」

さあ、帰りましょう――珠世は多津をうながし、子供たちを呼び集める。子供たちは遊ぶのに夢中で、帰りたくないと駄々をこねた。

「われらがついておるゆえ、ご心配は無用じゃ」

源太夫が言えば、幸江も、

「もう少ししたら連れて帰ります。せっかくですもの、よろしいでしょう」

と、口をそろえる。

「では、ひと足先に帰りますよ」

珠世はひとり、踵《きびす》を返した。

鳥居をくぐろうとして足を止め、引き返して芋田楽を買い求める。

そろそろ久右衛門が夕べの野歩きから帰る時刻だ。

久右衛門は若々しい足取りで門をくぐる。小柄な体を心持ち反らせ、威厳に満ちた大声をはりあげる。が、家人がいないとわかると、とたんに腰をさすり足を引きずって、縁側にへたりこむ。ため息まじりに肩をたたき、煙管《きせる》をふかし、虚空《こくう》を眺める。太鼓の音を聞きながら、遠い日の記憶に思いを馳《は》せる。庭に遊ぶ雀を見れば、思わず身を乗り出すはずだ。苦笑しつつ煙を吐き出す父の姿が、珠世には見えるような気がした。

矢島家には今、追う者と追われる者が同居している。命を賭《か》けた勝負をしようという男女である。

御鳥見役を務め上げた老父も、何度となく命を賭《と》した勝負を経てきたのではないか
――珠世はふっと思った。

雀が一羽、藁《わら》屋根から飛び立ち、あわただしく羽ばたいて逃げてゆく。

その姿は黒い点となり、夕焼け空にまぎれて消えた。

第二話　石榴《ざくろ》の絵馬

一

庭隅の馬酔木《あせび》の根元に、うっすらと雪が残っている。

雪は、晴天つづきの穏やかな正月が明けたとたんに降りはじめ、組屋敷の庭という庭、その先に広がる田畑や鬼子母神《きしもじん》の社の境内を白一色に塗りかえた。すでにあらかた溶け、木《こ》の下闇《したやみ》や勝手口の庇《ひさし》の陰、沓脱《くつぬ》ぎ石の縁などで、淡く潤《うる》んだ輝きを放っている。

踏みつけるのはしのびない。珠世《たまよ》はひょいと雪を跨《また》ぎ、馬酔木の裏手へまわりこんだ。狭い庭だが、その割に木々の数は多い。

爪先立《つまさきだ》ちになって杉の木の枝にからみついた灸花《やいとばな》の蔓《つる》と格闘していると、小さな手が蔓の先を引っぱった。

「小母《おば》ちゃん、手伝ってあげる」

矢島家の居候《いそうろう》、石塚源太夫の次女で、八つになったばかりの秋が、あどけない顔で珠世を見上げていた。

「よう気がつくこと」珠世は両頬にえくぼを刻み、秋の手を引き寄せた。「でもね、およしなさいな。おてでが臭くなりますよ」

「どうして?」

「この蔓はいやな匂《にお》いがするの。触っただけで匂いがついてしまうのです」

灸花には、その匂いのために、ヘクソカズラという別名がある。

「いやな匂いがするから、とっちゃうの?」

「いいえ。こんなにからみついたら、こっちの木が窮屈でしょ。放っておくと、やせ細ってしまうの。だから木からはずして、塀にからみつかせてあげるのですよ」

秋は無心な顔でうなずく。

「蔓は臭いけど、夏になったら可愛《かわい》い花が咲きます。楽しみにしていらっしゃい」

お行きなさい、と追い立てて、珠世は思わず苦笑した。夏までまだ半年ある。「楽しみにしていらっしゃい」ということは、源太夫父子が半年後も我が家に居すわっていると、自ら認めたようなものである。

矢島家の隠居、珠世の父の久右衛門と、十五年前にひょんなことから酒を飲んだという、たったそれだけのつながりを頼って、源太夫と五人の子供たちは矢島家に転がり込んだ。昨年の晩秋、鬼子母神の御会式《おえしき》の前日のことである。ほんの数日の居候のはずが、半月になりひと月になり、とうとう年を越してしまったのは、源太夫の厚かましさもさることながら、出てゆくにゆけない事情が生じたからだ。

子供たちはやんちゃで可愛い。源太夫も磊落《らいらく》で憎めない。出て行ってほしいわけではなかったが……。

珠世は杉の木から板塀に蔓を移し終えると、家の裏手をまわって井戸端へ出た。釣《つる》瓶《べ》で水を汲《く》み、ごしごし手を洗う。手指にしみついた匂いは容易にはとれなかった。

厨《くりや》へ戻り、米櫃《こめびつ》をのぞく。

伴之助《ばんのすけ》・珠世夫婦に久右衛門、嫡男《ちゃくなん》の久太郎、次男の久之助、次女の君江の家族六人、それに源太夫父子が六人、その上にもう一人の居候、沢井多津《たづ》がいる。都合十三人。御鳥見役の禄《ろく》は八十俵五人扶持《ぶち》だ。見習いとして出仕している久太郎の十人扶持を加えても、貧乏御家人には手に余る人数である。

問題はだが、単に頭数ではなかった。源太夫は驚くべき大食漢だ。それに加えて源太夫の子供たち、これがまたそろいもそろって食うわ食うわ、五歳から十一歳まで、子供だからといって侮《あなど》れない。

満たしたばかりだというのに、米櫃の底は早くも透けて見えた。

珠世はその場にしゃがみ、両手で米をすくいとった。手を離し、さらさらと音をたてて米が落ちるのを眺める。何度かくりかえしていると、ふいに笑いがこみあげた。

源太夫と子供たちは、まるで炎花のようだ。傍若無人にからみつき、臭気を放って、触れたものに強烈な匂いをしみこませる。だが花はなんともいえず愛らしい。雪のように白く、真ん中の芯《しん》だけ、ぽっと火が点《つ》いたように赤い小花——。

そろそろ君江が帰って来る頃だった。君江は、源太夫の長女の里と末娘の雪を連れ、伴之助の実家へ出かけている。人のよい伴之助の両親は、孫娘の口からそれとなく窮状を聞き出し、追いかけるように米や味噌《みそ》を届けてくるはずだ。

「捨てる神あれば拾う神あり」

珠世はつぶやいた。

家があり家族がいて、戸外には明るい陽射《ひざ》しがあふれている。なにを思い煩《わずら》うことがあろうか。

勢いよく腰を上げると、珠世は鼻唄まじりに、糠《ぬか》づけ用の菜を刻みはじめた。

「ほれ、そこじゃ、そこじゃ」

伸び上がるような恰好《かっこう》で、久右衛門は小柄な体をはずませている。

源太夫はごつい顔に真剣な表情を浮かべ、大木の根元へしのび寄った。背をかがめ、狙《ねら》いを定めて、一気に竿《さお》を突き上げる。命中したかに見えたが、雀は嘲《あざけ》るようなひと声を残して、空高く飛び去った。

竿の先には鳥黐《とりもち》が貼《は》りつけてある。御鳥見役必須の雀捕りの道具だ。

「なあんだ。また逃げられた」

長男の源太郎が落胆の吐息をつけば、次男の源次郎は足を踏みならし、

「へったくそだなあ」

と、囃《はや》したてた。

子供は物覚えが速い。ことに源次郎は、物心ついて以来の放浪暮らしで、すっかり裏店《うらだな》の子供の言動が身についてしまった。

「おぬしは図体がでかすぎるゆえ、よほどのろまな奴でのうては捕まらん」

久右衛門も苦笑まじりに首を横に振る。

鬼子母神の社を囲む森で、源太夫は久右衛門から雀捕りの指南を受けていた。

雀捕りは御鳥見役の任務のひとつだ。捕獲した雀は、雑司ケ谷と千駄木の二か所にある将軍家の御鷹部屋御用屋敷へ運ばれ、鷹《たか》の餌《え》になる。

鷹は御三家や大名屋敷でも飼われていた。餌は毎日欠かせぬものだ。持ってゆけば

高く売れる。そこで、源太夫は考えた。どこの藩も財政が逼迫《ひっぱく》している。仕官先を得るのはむずかしい。といって、居候の身でただ飯を食っているのも心苦しい。雀を捕ってひと稼ぎしてやろう――。意欲を燃やしたのはよかったが、そもそもがぶきっちょな男である。このぶんでは、飯粒ひとつの足しにもなりそうにない。

源太夫から竿を受け取り、久右衛門は源太郎の手に握らせた。すると横から源次郎が奪い取ろうとした。子供たちは揉《も》み合う。

「これこれ。喧嘩《けんか》はいかん。順番じゃ順番」

久右衛門が二人に手ほどきをはじめたのを見て、源太夫は櫟《くぬぎ》の大木へ歩み寄った。

「多津どのもこちらへ参って、雀の捕り方を覚えてはどうだ」

多津は大木の陰にたたずんで、先刻から源太夫を見守っていた。隠れていたわけではない。多津がそこにいることは、久右衛門も子供たちも気づいている。

果し合いを止められ、矢島家へ居候するようになって二か月近く、多津は源太夫の一挙手一投足を監視していた。

一向に出て行く気配がないばかりか、源太夫は泰然自若としている。訳を知らぬ子供たちから「多津姉ちゃん」となつかれ、源太夫からも顔を合わせるたびに親しげに声をかけられて、多津はいささか当惑していた。

「拙者は煮ても焼いても食えぬ。が、雀はうまいぞ」

多津は眉《まゆ》をひそめた。

「雀を捕って鷹の餌にするなど、ぞっとします」

「生きるために食う。そのための殺生だ。くだらぬ見栄《みえ》や名誉のために無益な果し合いを仕掛けるほうが、よほどぞっとするがの」

源太夫はくるりと背を向けた。子供たちのもとへ戻ってゆく。

多津は唇を嚙《か》みしめた。

と、そのときである。背後でことりと音がした。

振り向くと、木立の合間に女が立っていた。顔だちは十人並だが表情が暗く、化粧けのない肌が土気色をしている。年齢は三十そこそこといったところか。てれんとした小袖《こそで》に色あせた昼夜帯をしめ、艶《つや》のない髪を無造作に巻き上げている。足は素足に下駄ばき。むきだしの足先と大木にあてた手指が、蠟《ろう》のように白い。

手元から絵馬がすべり落ちたのにも気づかず、女は源太夫の子供たちを一心に見つめていた。

「落ちましたよ」

多津は身をかがめて、絵馬を拾い上げた。

絵馬には、真っ赤に熟した石榴《ざくろ》が描かれていた。はぜた腹から黒い種がこぼれている。隅に小さく墨文字が添えられていた。おぞましい絵に肌が粟立《あわだ》ったものの、多津はもう一度、

「さあ、どうぞ」

と、女の目の前に絵馬を差し出した。

女ははじめて多津に目を向け、軽く会釈《えしやく》をした。絵馬を受け取り、鬼子母神の社の方角へ、ゆらゆらとたよりない足取りで去ってゆく。

後ろ姿を眺めていると、

「わあ、やったやった」

「やっぱりすげえや」

子供たちの歓声が聞こえた。

多津は視線を戻した。久右衛門がもったいぶって雀を籠《かご》のなかに入れている。子供たちばかりか源太夫までが、頬を紅潮させ、目を輝かせて、籠をのぞきこんでいた。

おやまあ、むきになって――。

切れ長の双眸《そうぼう》をわずかに和ませ、多津は我知らず口許《くちもと》をほころばせた。

伴之助は息を呑《の》んだ。

御鳥見役の任務に他藩の偵察が含まれていることは、舅《しゅうと》の口ぶりから察していた。が、真面目《まじめ》一方で豪胆とはほど遠い自分がそうした役割を仰《おお》せつかるとは、これまで考えもしなかった。

二

十七で矢島家の養子となり、御鳥見役見習いとして出仕した。十九で珠世と夫婦になり、二十四で正式な御鳥見役に就いた。以来、四十五になる今日まで二十年、御鷹場の巡視に明け暮れた。

同僚のなかには、格別な任務を帯びて他国へ出向く者もいた。だが律儀で几帳面《きちょうめん》な伴之助には、御鷹場の現状と「御鷹さま」の餌の棲息《せいそく》状況を日誌につづる役が振りあてられ、至極平穏な務めに終始してきたのである。

「意外そうな顔だの」

上役の御鳥見役組頭・内藤孫左衛門《まござえもん》が尊大な口調で言った。

「いえ、さようなことは」

伴之助は居住まいを正した。

「そのほうの嫡男は、うむ、久太郎と申したか。たしか二十二であったの」

「一、にございます」

「見習い役を務め、すでにそのほうの代役も十分に勤まると見たがどうじゃ」

「それはもう……」

なるほど、そういうことかと、伴之助は合点した。

伴之助が見習いを終え本役に就いた頃から、舅《しゅうと》の久右衛門は頻繁に家を留守にするようになった。以来、人が変わったように無口になり、隠居したときは石塊《いしくれ》のごとく己の心を見せない老人になっていた。

久右衛門の父も、四十を過ぎてから、しばしば御用の旅に出たと聞いている。遠出先で不慮の死を遂げたと聞くが、詳しい死因についてはわからずじまいだった。

つまり、黙々と御鷹場を巡りながら我が子を育て上げた御鳥見役には、命の賭《か》けどころ、散らせどころが、周到に用意されているというわけだ。

「さすれば異存はござらぬの」

内藤は、筋肉質の体に似合わぬ華奢《きゃしゃ》な手で顎《あご》をなでた。手の甲が日に焼けているのは、野歩きを主とするお役によるものである。

のっぺりした顔の、容易に肚《はら》の底を見せない上役が伴之助は苦手だった。

「心して相務めまする」

神妙な顔で畳に両手をついた。

内藤はうなずき、斜め後ろに置いた箱から袱紗《ふくさ》包みを取り出して、伴之助の膝元《ひざもと》へ押しやった。

「野扶持、と、心得よ」

伴之助は包みを押しいただき、ふところへ収めた。

「子細は追って知らせる。来月中頃には出立《しゅったつ》してもらうゆえ、心づもりをしておけ」

内藤の眼光は、鷹の目のように鋭かった。

伴之助は一礼して、組頭の執務部屋をあとにした。

詰所へ戻ろうと御鷹部屋の前を通ると、かすかな羽音と断末魔の鳴き声が聞こえた。これまで何度となく耳にしながら、さして感慨を覚えなかった音である。

お上のために身を賭《と》して働くことにはなんら異存はない。異存はなかったが――。

お役に就いてはじめて、伴之助は我が身になぞらえ、雀の悲運を思いやった。


鬼子母神の社の森は、昼でも薄暗い。

木々の梢《こずえ》には光を食べる天《あま》の邪鬼《じゃく》がいて、そいつが息をするたびに、風が起こり、枝葉がざわめく。そうにちがいないと、源次郎は思った。

雀に化けた鬼め。おれさまがとっ捕まえてやる——。

鬼退治なら、望むところである。

この午後、源次郎は庭隅の道具小屋へしのびこみ、竿を持ち出した。厨《くりや》のへっついの脇《わき》に鳥黐の入った瓶が置かれている。鳥黐はモチノキの樹皮からとった鼠色の塊で、つきたての餅《もち》のようにねばついていた。木の篦《へら》ですくって竿の先端になすりつけ、その竿を担《かつ》いで駆けて来たのである。

源太夫によく似た大きな目で、源次郎は木々の枝葉を見まわした。血気に逸《はや》り、小さな胸は鞠《まり》のようにはずんでいる。

籠に山盛り雀を捕って帰ったら、父《とと》さまはむろんのこと、小母ちゃんも小父《おじ》ちゃんも、久右衛門の爺《じい》ちゃんも目を丸くするだろう——。

勇み立っているのに、雀の姿は見えない。

そのとき、木立の陰で、

「坊《ぼん》さん……」

と、女の声がした。

驚いて声のしたほうを見ると、朽葉色《くちばいろ》の小袖を着た女が手招いていた。

源次郎はちょっと戸惑い、そろそろと女のそばへ歩み寄った。

女は源次郎の顔を食い入るように見つめている。目の前まで行くと、

「雀がいるとこ、教えてあげましょ」

くぐもった声で言って、すっと白い手を差し出した。

片手をあずけようとして、源次郎はためらった。一人で遠くへ行ってはいけませんよ、と、珠世に言われている。知らない小母ちゃんと一緒のときはどうか、そこまで訊《き》いておけばよかったと舌打ちをした。

「遠くへは行けないんだ」

「すぐ、そこ」

「そこって?」

「この森の向こうっかた」

源次郎は思案した。なんとなくやめておいたほうがいいような気もしたが、一方で、雀で満杯になった籠を思うと心が逸った。

「さあ」

女は腰をかがめ、ひんやりと湿った手で源次郎の手首をつかんだ。

その手が甲をなでまわし、小さな手をすっぽりくるみこんでしまうと、源次郎は鳥《とり》黐《もち》に貼《は》りついた雀のように従順になった。

「沼津へ行かれるのですか」

動揺を抑えて、珠世は訊き返した。

「うむ。来月の半ばには発《た》たねばならぬ」

伴之助は応《こた》えた。

夫婦の部屋で、珠世は夫の着替えを手伝っている。動悸《どうき》が速まり、指はふるえているものの、「いかようなご用ですか」とも「いつお帰りになるのですか」とも訊けなかった。祖父や父を見ている。こればかりは問答無用とわきまえていた。

「なれば、旅支度をしておきましょう」

努めて平静に言うと、伴之助も穏やかな目で妻を見返した。

「これは……」と、ふところを探り、袱紗包みを取り出す。「賄《まかな》いの足しにしてくれ。家人が増えたゆえ、銭はいくらあっても足りなかろう」

「支度金ではございませんか」

「格別な支度はいらぬ。路銀その他の銭はあらためて下さるとのことゆえ、わしには無用の金だ」

伴之助は珠世の手に包みを押しつけた。

「出立の沙汰が下るまでは、忙しゅうなるやもしれぬ」

言いたいことが胸にわだかまっているような気がした。が、なんと言ってよいかわからず、珠世は包みを押しいただいた。

「久太郎はこのことを……」

「知らぬ。出立まで、だれにも言うてはならぬ」

「かしこまりました」

二人は目を見合わせ、うなずき合う。連れ立って茶の間へ出て行った。

茶の間にはだれもいなかった。

珠世は厨をのぞいた。厨にも人影はなかった。夕餉《ゆうげ》の支度は中断されたらしい。へっついの火は消えているものの、作りかけの煮物や刻みかけの菜が、そのまま放り出してある。

なにかあったのか。勝手口へ出て表を透し見ると、裏木戸のところに、雪をおぶい、秋の手をひいた里が、所在なげにたたずんでいた。

「どうしたのです、そんなところで。風邪をひきますよ」

日没とともに、戸外は急速に冷えこんでいる。声をかけると、秋が姉の手を振り払い、一目散に駆けて来た。

「君江はどこへ行ったのかしら」

「君江姉ちゃんは、弟を探しに行ったの」

「源次郎どのを？」

里もそばへやって来て、

「いないんです。昼間から。それで、みんなで探しに」

不安そうな顔であとをつづける。

夕餉の時刻になっても源次郎が帰らないので、源太夫が探しに出かけた。むろん多津も一緒である。二人が探している間に、久之助が道場から帰って来た。伴之助と久太郎も帰宅した。源太夫と多津が戻って来たのは珠世が夫の着替えを手伝っていたときである。見つからないので、もしや入れ違いになったのではないかと考えたのだ。まだ帰っていないと知って、一同は騒然となった。子攫《こさら》いは、この界隈《かいわい》でもときおり噂《うわさ》にのぼる。源太夫、多津、久太郎、久之助、それに君江、どうしても行くというので源太郎も加えた一行が、泡を食って飛び出して行った。今、二手、三手に分かれて、探しまわっているという。

珠世は蒼白《そうはく》になった。源次郎はひょうきん者で、手に負えない腕白小僧である。だが人なつこく無邪気な子供だった。あの子の身にもしや、と思うと、いてもたってもいられない。

どうしたものかと思案していると、

「小母ちゃん」

と、秋が珠世の手のなかに冷たい手をすべりこませた。

珠世は小さな手を握りしめた。なにがあっても取り乱してはならぬと心をひきしめる。

ことの次第を夫に告げ、組屋敷の世話人の家へ行って助っ人を頼んだ上で、夕餉の支度を整えた。底冷えのする戸外を駆けまわっている者たちには、温かな飯と汁がなによりの励みである。珠世は伴之助と少女たち、夕べの野歩きから帰った久右衛門を呼び集め、夕餉をとらせた。伴之助も久右衛門も、源次郎の身を案じて食が進まない。早々と箸《はし》を置き、気づかわしげに外の物音に耳を澄ませている。

そうしているところへ、久太郎と君江、久之助と源太郎が帰って来た。憔悴《しょうすい》した顔を見れば、訊《たず》ねなくても結果はわかる。

組屋敷の北方は江戸の郊外へつづく田畑である。森林が点在し、弦巻川《つるまきがわ》が流れている。人攫いでなければ、川に足をとられたのではないか。木から落ち、意識を失っているのではないか。それとも南方に広がる町並みに入り込んで、迷い子になってしまったのか。いずれにせよ、幼い子供が厳寒の戸外でひと夜を過ごせば凍え死ぬ心配があった。

飯をかきこみ、久太郎と久之助はまたもや飛び出してゆく。

源太夫と多津が戻って来たのは、久太郎と久之助が疲労困憊《こんぱい》して戻り、助太刀に駆けつけた組屋敷の住人や近隣の農家の人々が、やはり収穫のないまま、明日の探索を約して散って行ったあとのことである。

すでに深更になっていた。源太夫はげっそりした顔で足を引きずっている。多津がなだめすかして、強引に連れ帰ったのだという。

「休まねば、いくらなんでも倒れてしまいます」

怒ったように言うと、多津は自ら濯《すす》ぎ桶《おけ》を持って来て、源太夫の足を濯いでやった。源太夫は逆らう気力もないようだった。言われるままになっている。

珠世は二人に冷めた飯と温めなおした汁を勧めた。が、二人とも口をつけない。気休めを言う者はいなかった。ともあれ一刻でもいいから体を休めるようにと、二人をそれぞれの部屋へ引き取らせる。他の者たちも各々《おのおの》自室へ引き上げた。

珠世は放心した顔で、ひとり茶の間に座っていた。

今年は例年になくにぎやかな正月だった。正月明けに大雪が降ったことを除けば、穏やかな天気がつづき、平穏な一年がはじまるかにみえた。ところが、ひと夜明ければ二月、という今日になって、突然災いが降りかかった。それも同日にふたつ、夫の新たな任務と源次郎の失踪《しっそう》——。

今宵《こよい》は眠れそうになかった。放心していると、

「小母さま」

と、多津の声がした。よろしいでしょうかと断って、茶の間へ入って来る。

「多津どのも眠れぬのですね」

珠世が言うと、多津はうなずいた。

「実は今、思い出したことがあるのです。十日ほど前でした。鬼子母神の森で、久右衛門どのが源太夫どのに雀の捕り方を教えておられたときのことです。妙な女を見かけました」

「妙な女？」

「色あせた小袖《こそで》をまとうた、面窶《おもやつ》れした女です。木立の陰にたたずんで、じいっと子供たちを眺めていました」

女が絵馬を落としたので拾ってやったと、多津は話した。

「石榴《ざくろ》……」

「ひと目見てぞっとしました。なにやら薄気味の悪い絵で……」

「石榴は人肉の味がすると言います。それゆえ、人の子を食べるのを止《や》めた鬼子母神に、代わりに食べよとでもいうのでしょう、石榴の絵馬を奉納する者があとを絶たぬのです」

不吉な予感にとらわれ、二人は顔を見合わせる。

「絵の隅に名前が書かれていたと言いましたね」

「はい。名前の他にも屋号のようなものが書かれていました。もっともくずし文字でしたし、読むつもりもなく……」

珠世は眉《まゆ》をよせた。

「もう一度、どんな女か話してください」

「虚《うつ》ろな目をしていました。重い病に罹《かか》っていたのやもしれません。顔から喉元《のどもと》が黒ずんで……いえ、日に焼けたときの色とはちがうのです」

「化粧焼けでしょう」

珠世は打てば響くように応《こた》えた。

「手足はでも、異様に白く……」

「たぶん外に出たことがないのですよ。その女人《にょにん》は、おそらく廓《くるわ》の女でしょう」

多津は驚いて珠世の顔を見返す。

「わたくしはこの家で生まれ、この地で育ちました。他国はおろか、お江戸のこともろくに知りません。日本橋にも一度行ったきりで」

珠世は片頬にえくぼを浮かべた。

「ですが、この界隈のことなら、たいがいの噂《うわさ》は耳に入ります」

「噂……」

「半月ほど前、死病に罹った遊女が、吉原の廓から帰されて来たそうです。なぜ知っているかと申しますとね、女は気がふれていて、子供の頃遊んだ場所がなつかしいのか、鬼子母神の境内をうろつき、幽霊と間違えられて、大騒ぎになったことがあるのです」

「住まいがどこか、おわかりですか」

「いいえ。あとを尾《つ》けようとした者もいたのですが、見失ってしまったそうです。廓の名がわかれば、そこから辿《たど》れましょうが」

「それならば……」と、多津は腰を浮かせた。「絵馬に書かれているやもしれません」

「そうですね。絵馬が奉納されていれば」

「行ってみます」

多津はあわただしく飛び出そうとした。

「お待ちなさい。かような時刻に女子《おなご》が一人で外へ出てはなりません。源太夫どのと一緒にお行きなされ」

「いえ。でしたら、久之助どのに頼みます。気を持たせた上にもしや間違いとあらば、源太夫どのがお気の毒です」

珠世は「おや」と多津の顔を見た。源太夫は多津の敵《かたき》、矢島家から離れれば、そのときこそ果し合いを挑む相手である。だが、「お気の毒です」と言った多津の口調には、源太夫の身を案じる真摯《しんし》な響きがあった。

危急の事態に取り乱しているせいだろう、多津は無意識に漏れた自分の言葉には気づかず、そそくさと席を立つ。

珠世は祈るような思いで、多津の後ろ姿を見送った。

三

その日、まだ陽が暮れる前のことである。

源次郎は女と二人、鬼子母神の境内を歩いていた。

雀につられたとはいえ、なぜ見も知らぬ小母ちゃんについて来てしまったのか。自分でもよくわからなかった。

母は妹の雪を産んで死んだという。源次郎は二つになったばかりだったので、母の顔を覚えていない。だが女に母を見たわけではなかった。女には、母を想《おも》わせるものはひとつもなかった。母というなら「矢島の小母ちゃんだ」と思う。

それなのになぜだろう、不思議な力が源次郎の手を女の手にしばりつけている。

二人は今や裏手につづく法明寺《ほうみょうじ》の敷地にさしかかっていた。

「どこまで行くの？」

心細くなって訊ねた。

女は応えなかった。憑《つ》かれたようなまなざしで、前方を見据えている。

「ねえ、小母ちゃん……」

今一度、問いかけようとすると、女は源次郎の手をぎゅっと握りしめた。

法明寺の北東に広大な森がある。森のなかへ足を踏み入れたところで、源次郎は足を止めた。やっぱり帰ろう……手を振り放そうとしたが、女の手は鳥黐《とりもち》のように、吸いついて離れなかった。

「雀はどこにいるの」

おずおずと訊ねる。

「あっち」

女は応えた。

「あっちって？」

女は首をまわして源次郎を見た。女の目のなかのなにかが、これ以上、訊ねるなと警告していた。

源次郎は身をすくませた。しかたなく歩き出す。

森をぬけると田畑が広がり、冬枯れの畑のなかに廃屋さながらの農家があらわれた。女は源次郎の手を引っぱって、農家へ入って行った。

なかにはだれもいなかった。土間と、その向こうに囲炉裏《いろり》を切った板間があり、奥にもうひとつ部屋がある。囲炉裏に火はなく、寒々としていた。

半開きになった襖《ふすま》から、奥の間が見えた。粗末な布団《ふとん》が敷かれている。布団からすえた臭《にお》いが流れていた。

女は源次郎を奥の間へ連れて行った。浮き浮きした声で言う。

「もし坊《ぼん》さん。お寝《やす》みなんし。わっちが子守歌うとうてやりんすよ」

源次郎は当惑した。まだ夕刻だ。寝るには早すぎる。第一、腹が減っていた。食べ物がないかとあたりを見まわしたが、なにもなさそうである。

入口に立てかけておいた雀捕りの竿《さお》に目をやった。竿の先に鳥黐がへばりついている。食べられるかどうかわからないがモチというくらいだ、試してみようと腰を浮かせた。

すると突然、女の形相が急変した。

女は枕《まくら》の下を探って短刀を取り出し、源次郎に飛びかかった。鞘《さや》を払い、短刀を首につきつける。

源次郎は仰天した。なにが起こったのか、さっぱりわけがわからない。驚きのあまり恐怖を忘れ、まん丸い目で女の目を見返す。

どのくらい目を合わせていたか。女の顔がゆがみ、その手から短刀が落ちた。ひきつったような悲鳴を上げて床に突っ伏し、はげしく泣きじゃくる。

源次郎はあっけにとられた。なすすべもなく女の狂態を眺める。泣き、咳《せ》き込み、呻《うめ》き、暴れ、胸をかきむしり、やがて疲れ果てたのか、女はぐったりと動かなくなった。

どうしたらいいんだろう――。

途方にくれた。逃げ出したいと思ったが、女をひとりにするのは可哀相《かわいそう》な気もした。いつしか闇《やみ》が迫り、しんしんと冷え込んでいる。源次郎は身ぶるいをした。ふと気づいて、女の体に黴《かび》臭い夜具をかけてやる。

思案したのち、隣へもぐり込んだ。

体をくっつけていれば、小母ちゃんも温まるだろう。

冴《さ》え冴えとした月が、冬枯れの田畑を照らしている。

畦道《あぜみち》には霜が下りていた。踏みしめるたびに夜気がふるえ、足音が鋭く鳴り響く。

凍りついた両手に息を吹きかけ、多津は久之助のあとを小走りに追いかけた。

久之助は肩ごしに振り向き、それとなく多津の歩みを気づかう。こんなときに不謹慎ではあったが、多津と二人、森閑とした夜道を歩いていると、胸が昂《たかぶ》り、手のひらが汗ばんできた。

「見つかるとよいが」

「見つかります。一度見たら、忘れられぬ絵なのです」

とはいうものの、足元に落としても気づかなかった女だ。あのあと絵馬を奉納したかどうか確証はない。落とすか忘れるか、そのまま家へ持ち帰ったということもある。

二人は夜道を急いだ。

百姓町をぬけ、鬼子母神の境内へ入る。

昼間とは打って変わって、境内はしんとしていた。魑魅魍魎《ちみもうりよう》でもひそんでいそうな、茫漠《ぼうばく》とした空き地に様変わりしている。筵《むしろ》でおおった屋台がぽつんと一台、置き捨てられ、飴屋《あめや》の屋台も芋田楽の屋台も、麦藁《むぎわら》細工を売る台もなく、人の胴まわりの倍はありそうな藁苞《わらづと》に売れ残った風車がたったひとつ、木枯らしに吹かれて、狂ったようにまわっていた。

絵馬堂は本堂の脇《わき》にあった。なかは闇。建てつけが悪いのか、隙間《すきま》風が吹き込むたびに絵馬がゆれ、こすれたりぶつかったりしながら吐息のような音を立てている。

「待て。今、火をつける」

久之助は枯れ葉と小枝を拾って来て一か所に集め、火打ち石で火をつけた。太刀で松の枝を斬《き》り落とし、焚《た》き火の火を移して松明《たいまつ》にする。松明を手に、二人は順ぐりに絵馬を見ていった。

薄暗い空間に大小の絵馬がびっしり並んでいる。幾重にも重なり合っているので、一枚一枚見てゆくのは骨がおれた。

「見ろ。石榴だ」

「ちがいます。もっと不気味な絵でした」

絵馬には人々の切実な願いがこめられている。胸に秘めた思い、迸《ほとばし》るような祈り、悲痛な叫び……魂が乗り移ったのか、絵馬はそれ自体が生き物のように見えた。手に触れ、眺めていると、ひそやかな声で話しかけてくる。無数の声に囲まれ、まといつかれ、二人はいつしか冷や汗をぬぐっていた。

半分以上、調べたが、例の女の絵馬はなかった。次第に焦燥が高まってゆく。

奥まった一画にとりかかったときだった。

「ありました！」

多津が叫んだ。久之助は息を呑《の》む。

幅五、六寸の絵馬だった。表面いっぱいに毒々しい色で石榴が描かれている。皮のはぜ具合や種のこぼれるさまが生々しく、おどろおどろしい。

「端の文字は読めるか」

多津は絵馬に顔を近づけた。

「やはり、屋号のようです」

「なんと書いてある?」

「うめだや、きく……だゆう」

「梅田屋の菊太夫か。吉原に梅田屋という廓《くるわ》があるかどうか調べてみよう」

久之助は絵馬をはずした。

「どうやって調べるのですか、こんな真夜中に」

「母上なら四家町《よつや》の親分と顔見知りだ」

久之助が親分と言ったのは、界隈《かいわい》を仕切る岡っ引のことである。岡っ引は町奉行所の手先となって探索にあたる役目だ。武家は目付の管轄《かんかつ》下にあり、本来はかかわりない。が、こんなときは世情に詳しい町方に頼むほうが、敏速にことが運ぶ。

珠世の口利《くちき》きで四家町の親分が動けば、菊太夫の居所は難なく突き止められるはずである。

「ぐずぐずしていると源次郎が危ない」

「一刻も早く小母さまに」

石榴の絵馬には鬼気迫るものがあった。そこに描かれているのはただの絵ではない。

女の怨念《おんねん》が膨れ上がり、熟しきってはじけた。それが今、臓腑《ぞうふ》のごとく流れ出し、時空を越えて闇を駆けぬけ、幼子を食い尽くそうとしている……。

「行くぞ」

二人は絵馬堂から飛び出し、一目散に駆けた。

町方の役人に案内され、珠世、多津、久之助の三人が農家へ駆けつけたとき、あたりは白々とした朝の光に包まれていた。光のなかで無数の埃《ほこり》が躍っている。源次郎は奥の間にいた。夜具を体に巻きつけ、女の腹に頬をつけて、ぐっすり眠りこけている。

久之助と多津は駆け寄ろうとした。二人を押し止めて、珠世はひとり奥の間へ入った。

源次郎を抱き起こす。女の小袖《こそで》がめくれ、青白い腹が見えた。臍《へそ》の下二寸の位置に灸《きゅう》の跡がある。見てはならぬものを見てしまったような気がして、珠世はあわてて小袖の前をかき合わせた。

臍の下二寸を石門《せきもん》という。遊女が石門に灸をすえるのは避妊のためだと聞いたことがあった。腹がふくれれば商売に差しさわる。子が欲しくても産めない。二月二日と八月二日は二日灸と言い、この日に灸をすえると、格別に効きめがあると言われていた。遊女たちはこの日、身銭をきって自分の揚代を払い、務めを休んで灸をすえる。

「さあ、帰りましょう」

珠世がささやくと、源次郎は目を瞬《しばたた》いた。不思議そうにあたりを見まわす。床のなかの女に気づいて、

「小母ちゃんを置いてっちゃうの」

と、無邪気な顔で訊《たず》ねた。

「いいえ。疲れているようだから、もう少し寝かしといてあげましょう」

珠世は源次郎の背中をトンと押した。

源次郎は元気よく駆けてゆく。

待ちかまえていた久之助が源次郎をおぶい、多津が寄りそって、三人はひと足先に家へ帰って行った。夜中に床をぬけ出し、どこへ行ったのか、騒ぎも知らずに我が子を捜しまわっている源太夫に、一刻も早く源次郎の無事な姿を見せてやるためだ。

「骸《むくろ》を片づけにゃあなんねえな」

「身寄りは死んじまったというし、梅田屋ももうかかわりねえと言ってるそうだしよ、無縁墓地に葬《ほうむ》るしかあるめえ」

男たちの話し声が聞こえている。

珠世は菊太夫の骸に合掌すると、乱れた髪を指で梳《す》いてやった。

四

さくさくさく。

縁側で、竹を削る軽やかな音がする。

声をかけるのを忘れ、珠世は、音に合わせてゆれる背中に見とれた。

この背中の主が、男のくせに手放しで泣いたのはつい昨日のこと。父親に泣かれ、わけがわからずきょとんとしていた源次郎の顔がまざまざと思い出される。

父の腕に抱えこまれてうっとうしくなった源次郎は、身をよじってすりぬけ、さっさと遊びに行ってしまった。

こら、待て、待てというに。

叱《しか》るのと泣くのが一緒になって、当惑したように顔を上げたときの源太夫の真っ赤な鼻……何度思い出しても笑いがこぼれる。

ほほほ……珠世は屈託のない笑い声をあげた。

その声に源太夫が振り向く。珠世の両頰に刻まれたえくぼを眩《まぶ》しそうに眺め、

「なにかおかしなことでもござるか」

と、首をかしげた。

「いえ。お茶でもいかがかと思いまして」

「これはかたじけない」

源太夫は竹竿を脇に置いた。雀捕りの竿である。

右手には仕上がった竿が、左手には先端を削る前の竿が積まれている。

源太夫は膝《ひざ》に積もった削り屑《くず》を払いながら、

「ちょうど小腹が空いたところだ」

と、うれしそうに身を乗り出した。

「はいはい。そう仰《おお》せになられると思い、きな粉餅《もち》もお持ちいたしました」

「お内儀はまこと、気がきくの」

這《は》い寄りながら、源太夫はもう餅に手をのばしている。

居候《いそうろう》らしからぬふるまいだと思ったが、咎《とが》める気にはならなかった。

「それにしても、お内儀はよう笑うの」

「さようでしょうか」

「さようさよう」

口をもぐもぐ動かしながら、息をするたびにきな粉を吹き散らす。

珠世はまたもや吹き出した。

「笑わねば腹ふくるると申します」

「たしかに笑ったら腹が減る。いや、拙者は笑わずとも減る」

源太夫は真面目《まじめ》くさった顔で言う。珠世は笑いを噛《か》み殺して、

「なれば、たんとお食べなされませ」

と、湯飲みを押しやった。

餅を呑み込むやあわただしく茶をすすり、茶を飲むや餅に手を伸ばし、ひとしきり食べるのに熱中したあと、源太夫は湯飲みを置いて、畳にがばと両手をついた。

「あらためて礼を申す。長々と世話になっておるばかりか、源次郎のことではひとかたならぬお力添えをいただいた。かたじけのうござる」

「いえ、源次郎どのを救ったのは多津どのです」

「いかにも」源太夫は神妙な顔でうなずく。「子らの行く末を見届けた暁《あかつき》には、この命、多津どのに差し上げる所存にござる」

珠世は目をみはった。

「なにを仰せられます。多津どのとて、そのうち、果し合いなど馬鹿馬鹿しいと思うようになりましょう。そういえば、今日は久之助と道場へ出かけたのですよ」

「道場へ?」

「弟子入りを頼みに行くと申しておりました。心境の変化があったのやもしれませんん」

敵に逃げられては一大事だと矢島家へ居座り、源太夫を見張っていた多津である。その鉄則を破って道場へ出かけた。珠世はそこに、多津の心の変化を見ている。

源太夫は、それについては感想を漏らさなかった。生真面目な顔で削り屑が風に舞う様を眺めている。しばらくしてふいに視線を戻した。

「菊太夫と申す女、なにゆえ絵馬にあのような絵を描いたのでござろうの。同じ石榴にしても、今少し描きようがありそうなものだが」

「石榴の種子は子堕《お》ろしの薬と申します。怨念の丈をこめたのやもしれません」

「つまりは子が欲しゅうて、源次郎を攫《さろ》うたのか」

生きていれば源次郎ほどになる子供を、泣く泣く堕ろした過去があるのかもしれない。

哀れな女子よの……源太夫はため息まじりにつぶやく。

珠世は庭に目を向けた。くるくる舞う削り屑は、透き通るほど薄い体に陽射《ひざ》しを受けて、神々《こうごう》しく輝いている。

「最期《さいご》は源次郎どのに抱かれて彼岸へ旅立たれたのです。それだけは、お幸せにございました」

「いや、そればかりではござらぬ」

源太夫は珠世の目を見据えた。

「あの女子、よほど後世《ごせ》がよいとみえる。だれぞが弔いの銭を出したそうな。町方の親分に袱紗《ふくさ》に包んだ金子《きんす》をぽんと渡し、名は秘しておくよう頼んだとか」

珠世は目を逸《そ》らせ、逃げるように腰を上げた。

「そろそろ父が帰って参ります。今日は二日灸。灸の支度をしておきませんと」


風邪をひかぬようにと気づかって、襖《ふすま》を閉めきっている。

久右衛門は火桶《ひおけ》に手をかざし、暖をとっていた。

上半身は裸だ。その背は小さい。大小さまざまなしみが浮いている。だが朝夕鍛えているせいか肌はなめらかで弾力があった。

ごつごつした背骨の両脇には、等間隔に灸の跡が並んでいた。珠世は跡をなぞって艾《もぐさ》を置き、線香で火をつけた。燃え尽きるのを待ち、次の艾を置く。

「熱うはございませんか」

「いや」

艾と線香の入り交じった匂いは香ばしい。香ばしいだけでなく、粛然と身のひきしまるものがあった。目を閉じ、鼻をひくつかせながら、久右衛門は自分だけの思いにひたっている。

四番目の左側の灸の跡に艾を置こうとして、珠世は手を止めた。何度も見ていながら、その場所にくると、決まって動悸《どうき》が速まる。

久右衛門の背には、脇腹から背骨にかかるような形で、えぐられた跡があった。傷口は脇腹が深く、背骨に近づくにつれて浅くなっている。灸の跡は、薄れかけたその傷の真上にあった。

いつもなら、一瞬のためらいがあったのち、気を取りなおして艾を置く。が、この日はなぜか、指が凍りついたように動かなかった。

呆然《ぼうぜん》としていると、

「伴之助どのに沙汰が下ったか」

目を閉じたまま、久右衛門が言った。歳月を嚙みしめるような、じわりとした口調である。

「はい」

珠世は応《こた》えた。

「それは重畳《ちょうじょう》」

ひと言いっただけで、久右衛門は口を閉ざした。

珠世は艾に火をつけた。

細い煙が立ち昇り、艾が燃える。

燃え尽きた残滓《ざんし》を払い落とすふりをして、そっと傷痕《きずあと》をなぞった。

「二日灸をすえましたゆえ、百倍の効きめがありましょう」

火桶の上の鉄瓶がカタカタとせわしない音をたてている。

その音に耳を澄ませながら、珠世は遊女の死に顔を思い出していた。過酷な務めに身をすりへらした菊太夫……そして久右衛門。

父の背に着物をかけ、珠世は静かに席を立った。

第三話　恋猫奔《はし》る

一

「おや、あそこに」

運針の手を止め、珠世《たまよ》は庭隅を指さした。

たんぽぽの綿毛が舞っている。ほわほわした白い体は、生まれたての稚児《ややこ》のようだ。見なれぬ景色にとまどい、おぼつかなげにただよいながら、草木の合間を縫ってゆく。

「どこへ飛んでくの?」

すかさず訊《たず》ねたのは秋。居候《いそうろう》、石塚源太夫の次女である。

姉娘の里は、口を開く代わりに、ふうっと綿毛を吹き飛ばした。こちらは真綿の綿毛だ。きらめきながら、珠世の膝元《ひざもと》へ舞い落ちる。

「さあ。どこでしょう」

珠世は綿毛をつまみ上げた。えくぼを浮かべる。くったくのないその笑顔から、胸のうちはのぞけない。

風に舞う綿毛を見て珠世が思いを馳《は》せたのは、夫・伴之助《ばんのすけ》の身の上だ。御鳥見役を務める伴之助が秘密の任務を仰《おお》せつかったのは、一月末のことだった。二月半ばに江戸を離れ、以来ひと月の余経《た》つが、いまだに文はない。

珠世はひそかにため息をつき、縫いかけの着物に視線を戻した。

「ほらほら、手を動かして」

君江が綿を飛ばして遊んでいる里と秋を急《せ》き立てる。

茶の間の日だまりに集まって、女たちは更衣《ころもがえ》の準備をしていた。

更衣は、四月朔《ついたち》に冬の綿入れから袷《あわせ》、五月五日に袷から単衣《ひとえ》にあらためる習いだ。綿入れから綿をぬいて袷に縫いなおすのは、この時季、どこの家でも見かける光景だった。

君江が綿入れをほどき、少女たちが綿をぬき出し、珠世が再び表と裏を縫い合わせる。流れ作業のその中に一人、他家の女がまじっていた。同じ組屋敷に住む久保早苗《さなえ》である。早苗は後家で、年齢は珠世よりふたつ下の三十八歳。夫を亡《な》くして三年余りになるが、昨秋迎えた嫁と折り合いがわるいのか、このところ、たいして用もないのに、頻繁に矢島家へやって来る。

早苗は珠世の仕事を手伝っていた。家事万端に秀《ひい》でているというだけあり、裁縫の手際《てぎわ》もあざやかだ。一分の狂いもない糸目が、几帳面《きちょうめん》に縫い込まれてゆく。

一同は黙々と仕事に励んだ。

しばらくして、先に作業を終えた君江と少女二人が茶の支度に席を立った。

その機会を待ちかまえていたかのように、

「あのう……」

早苗は厨《くりや》の様子をうかがいつつ、遠慮がちに切り出した。

「他の皆さまは、どちらへ？」

早苗の顔は色白中高で、整ってはいるが愛嬌《あいきょう》に乏しい。見様によってはとりすましても見えるその顔が、ほんのり上気していた。

矢島家は目下、源太夫父子と沢井多津《たづ》、都合七人の居候を抱え、狭い家に人があふれている。「他の皆さま」と言われても、ひとくくりには語れない。

「ご承知のように、主人はお上の御用にて他国へ出かけております。久太郎は出仕中。久之助と多津どのは道場……」

珠世は並べ立てた。

「いえ、その……わたくしがうかがいましたのはお子たちの……」

「ああ。男の子たちなら、川へ沢蟹《さわがに》捕りに参りました」

「え？　ええ、ええ。お父上と。それからお祖父《じい》さまも一緒です」

珠世はくすりと笑った。

源太夫は三十半ばの無骨な浪人である。すりきれた小袖《こそで》や色あせた袴《はかま》などものともしない。五人の子供たちと狭苦しい納戸《なんど》で寝起きするのも平気の平左、嬉々《きき》として居候暮らしに甘んじている。図体《ずうたい》は大きいが育ちすぎた子供のようなこの男を「お父上」と呼ぶのはしっくりこない。

早苗は大まじめな顔で、

「男手ひとつで五人のお子を育てるは、さぞや難儀にございましょうね」

と、珠世の顔色をうかがった。

源太夫は子供好きだ。難儀どころか子供の相手が心底たのしいらしい。いや、源太夫のほうが、子供に遊んでもらっているフシもある。

「それはまあ、気苦労もあるやもしれませんが……」

珠世はあいまいに相槌《あいづち》を打った。

と、そこへ、君江、里、秋の三人が戻って来た。

「なんのお話ですか」

湯飲みを配りながら、君江が訊《たず》ねる。

「いいえ。別に」

珠世が応《こた》えたとき、早苗が目をむいた。お茶請けに運んできた焼き団子に、里と秋が勢いよくかぶりついたのである。

「まあ、なんとまあ」

余所《よそ》の子では叱《しか》りつけるわけにもいかない。早苗は絶句した。が、それだけでは済まなかった。自分の分をぺろりとたいらげた二人が裸足《はだし》で庭へ飛び出すのを見て、息をあえがせる。

「つまり、わたくしが申し上げたいのはその、お子たちの躾《しつ》けにございます」

「腕白な子らがそろっているのです。むろん、行き届かないところもありましょうが……」

珠世が言いかけると、君江が横から口をはさんだ。

「可愛《かわい》い子供たちですよ、少しばかり元気すぎるだけで」

笑いをこらえながら言う。

「ええ、そりゃあお可愛いお子たちで……。ですが、お武家のお子ならお子らしく……」

「あれでもようなってきたのですよ」

「いいえ。あの年頃のお子には、きちんとした母親がおりませんと」

早苗がしたり顔で言ったときだった。

すさまじい声がした。板塀の上を褐色の塊が駆けぬける。と、白と黒のぶちが塀に駆け上り、矢のように追いかけた。門の外から二匹の猫の、この世のものとも思えぬ鳴き声が聞こえてくる。

「なあにあれ？」

「喧嘩《けんか》？」

里と秋は縁のそばまで駆け戻って来た。

「いいえ。あの猫たちは惚《ほ》れ合っているのですよ」

珠世は真顔で応えた。早苗のぎょっとした顔など目にも入らぬかのように、

「春になるとね、雄猫は雌猫、雌猫は雄猫しか見えなくなるのです。だからああして惚れた相手を追いかけるの。じゃれ合って、そうして、雌猫は稚児を産むのですよ」

縁側に身を乗り出して語り聞かせる。

「ふうん。見て来ていい？」

秋が目をきらきら輝かせて訊ねた。

「どうぞ」

二人は先を争って門の外へ駆けて行く。

少女たちの後ろ姿を、早苗は恐ろしいものを見るような目で眺めていたが、珠世に視線を戻すや、耳まで真っ赤に染めて非難した。

「惚れ合うなどと……さようにはしたないことを、お子たちの前で……」

珠世は取り合わない。ころころ笑っている。

「隠すようなことではありません。人でも猫でも、時節がくれば惚れ合い、睦《むつ》み合うものです。春になって花が咲くのとおなじですよ」

早苗は目をみはった。まじまじと珠世の顔を見る。

その口からなおも抗議の言葉が飛び出すかに見えたが、早苗はふっと目を逸《そ》らせ、せつなげな吐息をもらした。

二

木刀が宙を奔《はし》った。

久之助は大上段から斬《き》り込んできた木刀を撥《は》ね上げ、返しざまに八双より打ち下ろした。対戦相手は菅沼隼人《はやと》。すんでのところで身をかわし、敏速な突きをくり出してくる。両者は激しい鍔《つば》ぜり合いとなった。

いつもなら互角か、久之助のほうがわずかの差で優位を占める。だが、この日はちがった。隼人におされ、じりじり後退する。久之助は焦《あせ》った。額に汗がにじむ。

ええい、こうなったら一気に――。

攻勢に転じようと身構えた。その一瞬の油断をついて、隼人の木刀がひるがえった。

久之助の手首二寸の位置でぴたりと止まる。

「そこまで」

道場主、栗橋定四郎《じょうしろう》の声が静寂を破った。

稽古場《けいこば》の隅に座し、息をつめて試合を見守っていた多津も、ふっと緊張を解いた。

久之助に目をやる。

久之助は悔しそうに唇を嚙《か》んだものの、木刀を脇《わき》にはさみ、隼人に向かって礼儀正しく一礼した。次に栗橋の前に進み出ると、膝《ひざ》をそろえ、両手をついて深々と頭を下げる。

「なんぞ、心にかかることがあるようだの」

ひと言いっただけで、栗橋は腰を上げた。出て行こうとして、多津に目を止める。

「どうだ。手合わせをする気になったか」

「いえ……」

多津は目を伏せ、丁重に辞儀をした。

栗橋は笑いながら稽古場をあとにする。

久之助に誘われ、このところ多津は道場へ見学に来ていた。はじめのうちこそ、逃げられては一大事と片時も離れず源太夫のあとを尾《つ》けまわしていたが、近頃は警戒をゆるめている。源太夫に逃げる気がないとわかったからだ。

敵討《かたきうち》ちなど止《や》めよ、と、栗橋は諭した。止めれば手合わせをしてやるという。それまでは門弟の列に加わることまかりならぬと、釘《くぎ》を刺してもいた。

多津の心はゆれていた。源太夫の邪気のない笑顔や子供たちの愛らしさ、それになにより、珠世のふんわりと包み込むような温かさに接するたびに決意がゆらぐ。かといって、敵討ちを断念するまでの踏ん切りはつかなかった。志を曲げるのは信念に反する。易《やす》きに流されるは武家の娘たるものの恥、と、己を戒める気持ちがあるからだ。

「さて。帰るか」

久之助は腰を上げた。

若者三人は連れ立って道場を出た。

「家へ寄って行け」

帰途、久之助は隼人を誘った。隼人は御徒目付《おかちめつけ》の嫡男《ちゃくなん》で、久之助の幼馴染《おさななじ》みである。

「なれば、多津どのの敵とやらの顔を拝んでゆくか」

少年時代はしょっちゅう行き来していた。が、次男坊の久之助とちがって、嫡男の隼人には、父親のお役を引き継ぐための準備があった。この一、二年、矢島家から足が遠のいている。今日は久々の機会だった。

「ただし、腰をぬかすなよ」

「餓鬼どもか。幾人おると言ったか」

「五人です」多津が応えた。「十一の男児を筆頭に男子が二人、女子が三人」

「いずれ劣らぬ強者《つわもの》ぞろいでの、やつらが来てから、我が家は毎日が戦場だ」

三人は声を合わせて笑う。

「おちおちしていれば寝首をかかれる。が、そのぶん、こちらも活気づく。餓鬼どもに負けてはおられぬゆえの」

「ことにお祖父さまなど、日に日に若やいで……」

楽しげに語り合う三人を、うららかな春の陽が包んでいる。

久之助はひととき、気がかりを忘れた。

三

「おっと、こいつはわしんだ」

「いや、見つけたのは拙者だ」

「だが捕ったのはわしだぞ」

「手を伸ばしたところを横から引っさらったのではないか」

「引っさらったとはなんだ、人聞きのわるい」

弦巻川《つるまきがわ》の川原で、久右衛門と源太夫が言い争っていた。

北西には鬼子母神《きしもじん》の社の森、他の三方は広大な田畑に囲まれ、その向こうに百姓町の茅葺《かやぶき》屋根が点在している。一行以外に人影はなく、二人のいる場所さえ除けば、川原は長閑《のどか》そのものだった。

久右衛門と源太夫は、尻《しり》はしょりをして脛《すね》をむき出しにしていた。久右衛門の魚籠《びく》には小さな沢蟹が二匹、源太夫の魚籠には一匹。別の一匹が、二人の手のなかを行ったり来たりしている。

土手では、源太郎と源次郎が、長々と足を投げ出して、うんざりした顔で源太夫と久右衛門の争いを眺めていた。

「ちっ。たかがちっこいの一匹。いいかげんにしろってんだ」

「おれのをくれてやろうか」

二人の魚籠には沢蟹があふれている。

「よせよせ。大人の喧嘩だ、首を突っ込むな」

源太夫はそもそも手先が不器用だ。おまけに雪の手を引いている。

久右衛門のほうも、これればかりは雀を捕るようなわけにはいかなかった。朝夕、足腰を鍛えているとはいえ、七十に手が届こうという歳《とし》だ。すべりやすい石の上にそろそろと足をのせ、身をかがめようとしたときはすでに遅く、身軽な源太郎か源次郎がいち早く獲物を引っつかんでいる。

いつまでたっても増えない獲物に腹を立て、次第に激昂《げっこう》してゆく大人たちとは反対に、子供たちは早くも沢蟹捕りに興味を失っていた。

「兄ちゃん、帰ろうよ」

「まあ、待ってってば。もうちょっとつき合ってやろうぜ」

仰向《あおむ》けになって、二人が空を見上げたときである。

火がついたような泣き声が聞こえた。足をすべらせ、尻餅《しりもち》をついた源太夫の下敷きになって、雪が泣きわめいている。そのまわりを、久右衛門がおろおろしながら歩きまわっていた。

「やれやれ。世話が焼けるなあ」

源太郎はため息をもらした。弟をうながして、川原へ下りてゆく。

男たちがどうあやしても、雪は泣き止《や》まなかった。閉口した四人は沢蟹捕りを切り上げ、家へ帰ることにした。

畦道《あぜみち》をぬけ、百姓町へさしかかったときだ。珠世と早苗が向こうからやって来るのが見えた。

「お、地獄で仏だ」

源太夫は駆け寄って、珠世の腕に幼な子を押しつけた。

珠世が抱きとると、雪はぴたりと泣き止んだ。

「やはりこいつ、お内儀のそばがいいらしい」

源太夫の調子がいいのはいつものことである。

「はじめから申したではありませんか」

珠世は懐紙を出して、雪の涙を拭《ふ》いてやった。着物についた泥をぬぐう。

「小さなお子は置いてゆきなさい、と。怪我《けが》でもさせたらどうするのです」

珠世に叱られ、源太夫は首をすくめた。

「こればかりは、だれでもよいというわけには参らぬ。心底、子供が好きで、子供のほうでもなついておる者でのうては務まらぬ。ゆえに、いつもお内儀に押しつけることになる。これ以上、迷惑をかけてはすまぬと思ったのだ」

珠世は苦笑した。今さら迷惑もないものである。すでに五か月余り、源太夫父子は矢島家に居座り、米、味噌《みそ》、醤油《しょうゆ》、ことごとく空にした上に、家のなかを我がもの顔に飛びまわっている。

もっとも、それを迷惑と厭《いと》う気持ちはなかった。米や味噌なら、なくなれば買い足せばいい。だが、人と人とのつながりは途切れればそれで終わり。その儚《はかな》さを思えばこそ、せっかく結ばれた縁は大切に育《はぐく》まねばと思う。

珠世と源太夫のやりとりを、早苗は黙って聞いていた。が、なにを思ったか、突然とってつけたような笑みを浮かべ、子供たちのもとへ歩み寄った。魚籠をのぞき込む。

「おや。沢蟹捕りに行ったのではないのですか」

「捕ったけど、放ってきたんだ」

源太郎が真面目《まじめ》くさった顔で応えた。

早苗は目を丸くした。

「放った？　川へ？」

「殺生は雀だけでたくさんじゃ。逃してやれというて聞かせた」

子供たちに代わって、久右衛門が説明する。

「まあ、それは後世《ごせ》のよいことをなさいました。お二人ともよう聞き分けられましたね」

早苗は機嫌をとるように二人の頭を撫《な》でた。

と、そのときだった。源次郎が早苗の鼻先に、大ぶりの沢蟹をぬっと突き出した。背中に隠していたらしい。

早苗はつんざくような悲鳴を上げた。あわや、よろけそうになる。

子供たちは一目散に逃げ出した。

「おい。こら源次郎。待て。待たんか」

悪戯《いたずら》に気づいた源太夫が、血相を変えて追いかける。

成り行き上、久右衛門は早苗の体を支えてやった。早苗は驚き冷めやらぬ顔で息をはずませている。

その一部始終を、珠世は呆然《ぼうぜん》と眺めていた。目の前の光景がまるで田舎芝居の一場面のように、ひどく滑稽《こっけい》でぎくしゃくしたものに思えるのはなぜだろう。塀の上を駆けぬけた猫の姿が、ふっと脳裏をよぎった。

四

賢《さか》しげな目だ。それは、獰猛《どうもう》で貪欲《どんよく》な目でもあった。

そもそもこの鳥は容赦のない鳥である。仕置きは極刑。酌量は一切なし。肉を裂き、骨を砕き、血をすする。

ちらりと目を合わせただけで、久太郎は氷柱《つらら》をねじこまれたような寒けを覚えた。

「御鷹《たか》さま、ことの外、空腹とお見受けいたし候《そうろう》……」

父、伴之助の日誌の、最後の日付の欄に書かれていた文面を復唱する。何度となく読み返してみたので、一字一句覚えていた。

「……しかるに、雀にては飽き足らず、沼の田鴫《たしぎ》、肥えたるをご所望なりしか」

田鴫は水田や沼地に棲息《せいそく》する渡り鳥だ。嘴《くちばし》が二、三寸と長いため大きく見えるが、胴体は大人の手のひらにのるほどの大きさで、先端の軟らかい嘴を使って、土の中のミミズをつつき出して食べる。体の色と模様が藁《わら》に似ているため、容易には見つからない。

鷹の餌《え》は雀と定められていた。

父はなぜ、無用な一文を残したのか。自分がこの文を読むことを、父は知っていた。お役を引き継ぐことは前々から決まっていたのだから。とすると、あえてなにかを伝えようとしたのではないか。

もしや、沼津に出かけた任務とかかわりがあるのでは――。

考えたが、わからなかった。

久太郎は、父に似て沈着、母に似て明朗な双眸《そうぼう》を見ひらき、鷹の目を見返した。

肚《はら》に力を込め、じいっと見据える。

先に視線を逸《そ》らせたのは、鷹だった。

「心にひっかかっているのは、お父上のことですね」

茶をいれながら、多津が訊《たず》ねた。

久之助と隼人は縁側に腰を下ろしている。

帰って来たとき、矢島家にはだれもいなかった。不用心ではあるが、別段、珍しいことではない。

玄関脇《わき》の小部屋は目下、多津の部屋になっていた。久之助の部屋は狭い上にちらかっている。三人は茶の間で一服したあと、近くの空き地で、稽古《けいこ》のつづきをすることにした。

「小父《おじ》さまになんぞあったのか」

隼人は久之助に目を向けた。

「ひと月ほど前から、遠出をなさっておられるのです」

久之助に代わって多津が応《こた》えた。

「遠出？　いずこへ行かれた？」

「わからぬ」久之助は顔をしかめた。「母上と兄上は知っておるらしい。おそらくお祖父さまも承知しておられよう。おれだけが子供扱いだ」

「兄上さまはお父上の代役を務めておられるのです。ご存知なのは当たり前です」

「父上を案ずるは、おれとておなじだ」

だいいち、と、久之助はつづけた。父の出立《しゅったつ》を、自分は前日まで知らなかった。なんとなく様子がおかしいと思っていたところが、突然、父に呼ばれ、「明日より留守にするゆえ、あとを頼む」と言われた。どこへ、なぜ、との問いに応えはなく、いつ帰って来るのかと訊ねても、「わからぬ」のひと言で片づけられた。

「ひと月の余になるが文も来ぬ」

「久之助さまは、お父上がなんぞ危ない目に遭《お》うておられるのではないかと案じているのです」

隼人はうなずいた。

「それでわかった。このところ、おぬしの剣には気迫がない。どうしたのかと首をかしげておったのだ」

「先生にもついに見透かされた」

久之助は苦笑した。

三人は黙って茶をすする。

隼人は庭木に目を向けた。一本の木には、きらめく枝葉もあれば影に沈む枝葉もある。まんべんなく陽射しを浴びるわけではない。お役目というものもこの木のようだ。建前とは異なる影の部分がある。そのことを知ったのは、御徒目付の見習いに就いてからである。

御徒目付も、御鳥見役同様、隠密の役を仰《おお》せつかることがあるという。

だが部外者にもらすわけにはいかなかった。

「おぬしの気持ちはわかるが、便りがないのは息災な証拠というぞ」隼人はことさら明るい口調で言った。「取り越し苦労は体に毒だ」

「わたくしもそう思います。小母《おば》さまがあのように朗らかにしておられるのです。心配には及びません」

多津も言葉を添えた。

「母上はさようなお人だ。心配事があっても顔には出さぬ」

「それならばなおのこと、久之助さまも……」

「母に余計な心配をさせるな、と、言いたいのだろ。わかっている。わかってはいるのだが……」

久之助は茶を飲み干すと、憂《うれ》いを吹っ切るように、勢いよく腰を上げた。

「よおし。ひと汗、流すぞ」


空き地は矢島家の斜め向かいにあった。かつては家が建っていたというが、今は雑草がはびこり、たんぽぽや桜草、野あざみなどの野花が色とりどりに咲き乱れている。

ここは、多津が矢島家へやって来た最初の夜、源太夫を呼び出し、果し合いを挑んだ場所でもあった。あのときは、珠世の捨て身の仲裁で事なきを得た。が、もし果し合いが行われていれば、草花の下の地面は、多津か源太夫か、それとも双方の血を吸っていたはずだ。

空き地では、君江と里、秋の三人が花を摘んでいた。

久之助と多津の姿を見つけ、真先に秋が駆けて来る。源太夫の子供たちは父に似てみな物怖《ものお》じしないが、とりわけ秋は人なつこい。勢いよく多津の腰にしがみついた。多津が秋の相手をしている間に、君江が里の手を引いてやって来た。近くまで来て、はっと足を止める。久之助と話している若者に気づいたのである。

隼人も、君江を見た。「おや」というように目をみはる。

君江はぽっと頬を染めた。

「隼人さま……」

「君江どのか」

「お久しゅうございます」

君江はあわてて辞儀をした。

子供の頃、隼人に独楽《こま》回しや双六《すごろく》で遊んでもらったことがある。最後に逢ったのはいつだったか。二年前か三年前。そう。あれは十四のときだ。

隼人も、君江の記憶をたぐり寄せようとした。が、あらためて思い起こそうとすると、暴れん坊の久之助に泣かされ、鼻を真っ赤にして泣きじゃくっていた小娘の姿しか浮かんでこない。実を言えば、久之助に妹がいたことさえ今の今まで忘れていたのである。

君江と隼人はしばし、互いの眸《め》を見つめ合った。

二人の間を流星のような速さで駆けぬけたものに、久之助は気づかなかった。

「おい。はじめよう」隼人に木刀を掲げて見せ、「危ないぞ」と妹に声をかける。

秋のおしゃべりを聞いてやっていた多津も、それを合図に顔を上げた。

「おうちで待ってらっしゃい」

秋に言い聞かせ、君江に目くばせをする。

君江は一瞬、ためらうような素振りを見せた。ちらりと隼人を見やり、さっと目を伏せる。が、なにも言わず、少女たちの手を引いて空き地を出た。

背後で木刀を打ち合う音やかけ声が聞こえている。

矢島家の門前まで戻って来たとき、里が君江の袖《そで》を引っ張った。

「人はいつ、猫のようにじゃれ合うの？」

唐突に訊ねる。

猫は春、恋に奔《はし》る。それなら人は……？

君江はどきっとした。隼人に再会したときの自分の態度が、少女の鋭敏な勘を刺激したのではないかと思ったのである。

「小母ちゃんに訊《き》いてごらんなさい」

君江は逃げの手を打った。

五

その気にさえなれば、人は年がら年中、恋をする。

季節もなければ年齢もない。

久右衛門の変化に気づいたとき、珠世は唖然《あぜん》とした。

先日、久右衛門ははからずも、よろめいた早苗を支えた。まっ昼間、路上で女の体に触れたのははじめてだ。そのことが、早苗を意識させるきっかけになったのかもしれない。

久右衛門の恋心にさらに拍車をかけたのは噂《うわさ》だった。

早苗の姉は王子村の名主の家へ嫁いでいる。舅《しゅうと》姑《しゅうとめ》が相次いで亡《な》くなり遠慮のなくなった姉が、こちらへ引き移って来ないかと妹を誘った。といっても、姉夫婦と同居せよというのではない。近くに隠宅があるので、そこへ住んではどうかというのだ。

早苗は乗り気になった。が、慣れぬ田舎での一人暮らしは心細い。余生を共に過ごしてくれる伴侶《はんりょ》を探しているという。

——そういえば、早苗どのは近頃、矢島家に入り浸っておられますよ。

——矢島家にはたしか、ご隠居さまがおられましたね。

——とうにご妻女を亡くされ、気儘《きまま》に暮らしておいでとか。

噂を耳にした君江が、珠世に告げ口した。

「早苗さまは、お祖父さまがお目当てで我が家へいらっしゃるのだそうですよ」

それが久右衛門の耳に入った。

ばかな、と、久右衛門は鼻で笑い飛ばした。笑い飛ばしたはずだった。ところが数日もたたぬうちに、変化があらわれた。これまで身だしなみなどろくに構わなかった久右衛門が、白髪まじりの髪をこざっぱりと結い上げ、髭《ひげ》をきれいに剃《そ》り落とし、着物を頻繁に変え、日に何度となく手足を洗うようになった。朝晩の鍛練に費やす時間も長くなった。

突然、俳句をひねりだしたのは、来《きた》るべき茅屋《ぼうおく》暮らしを思い描いて、趣味のひとつも持たねばと思いついたためだろう。

珠世を驚かせたのは、それだけではなかった。

鳥見役の習性は恐ろしい。庭先に雀が舞い降りるのを見ただけで、これまではさっと身構えたものだが、その癖がぱたりと止《や》んだ。眉《まゆ》ひとつ動かさない。雀など見向きもせず、咲きはじめた花を見てやるせないため息をついている。

色に出《いで》にけりといふけれど――。

早苗がやって来ると、久右衛門は目に見えて落ちつきをなくした。

散策へ行くと言って出かけたかと思うと、すぐに帰って来て、珠世に包みを手渡す。

「ほれ」

「なんですか」

「皆で食え」

仏頂面《ぶっちょうづら》で茶の間に目をやり、そそくさと逃げ出してしまう。鬼子母神の名物の芋田楽だったり焼き団子だったり、土産はそのたびに変わったが、要するに、茶の間にいる早苗に食べさせろということらしい。

半月ほどそんなことがつづいた。珠世はその間に、早苗をじっくり観察した。

そう言われてみれば、早苗も思い詰めた顔をしている。ただ漫然と矢島家に出入りしているわけではないようだ。

「早苗さまのことですが……」

四月に入ったある日、珠世は思いきって訊ねた。

る。


「なんぞ、思うところがおありなのではありませんか」

久右衛門はあわただしく煙管《きせる》を吸い立てた。狼狽《ろうばい》を隠すように八分咲きの桜を眺める。

矢島家の庭に植えられた桜木はたった一本。それも老木である。だが、時節がくればささやかな花をつける。

「王子村は桜がみごとだそうですよ」

久右衛門がなにも言わないので、珠世は先をつづけた。

「この家は狭苦しい上に、うるそうございます。気儘な隠居暮らしをなさりたいとお思いでしたら、わたくしどもに遠慮はいりません」

久右衛門は肩を怒《いか》らせた。

「なにを言うか。主《あるじ》が留守にしておるというに。わしは家を守らねばならぬ」

「久太郎も久之助もおります。源太夫どのも」

「うるさい。余計な気をまわすな」

すみません、と、引き退《さ》がったものの、珠世は思案に暮れた。

父は御鳥見役の家に生まれ、見習い、本役とお役を勤め上げた。四十半ばを過ぎて婿《むこ》の伴之助が出仕するや、遠出を仰せつかるようになった。家族にさえ行き先を言えぬ旅。いつ帰れるとも知れぬ遠出。帰宅するたびに、珠世は父の眉間《みけん》のしわが深まり、口数が少なくなってゆくのを、哀しい思いで見守った。

父は、命を刻むような修羅《しゅら》を乗り越え、ようやくお役を離れたのである。出来ることなら、余生は望み通りの暮らしをさせてやりたい――。

険しい横顔を、珠世はじっと見つめた。


四月八日は灌仏会《かんぶつえ》である。

灌仏会は花供養《くよう》ともいい、各寺院で、釈迦如来《しゃかにょらい》の降誕を祝う行事が行われる。

大塚の護国寺にもこの日は、多くの参詣人《さんけいにん》が押し寄せる。

雑司ケ谷《ぞうしや》から護国寺までは四半刻（三十分）もかからない。源太夫父子、久右衛門、多津、君江、久之助、それに非番の久太郎まで加えた一行は、午《ひる》少し前、にぎやかに出かけて行った。

好機到来である。

家人の留守に、珠世は早苗を昼餉《ひるげ》に誘った。

菜飯と汁の簡単な食事を済ませ、茶の間でくつろぐ。

「近々、王子村に移られるとうかがいましたが……」

珠世は慎重に切り出した。

「はい。そのほうが気安いかと存じまして」

手狭な家で嫁と顔を突き合わせているのは気ぶっせいだと、早苗は打ち明けた。

「嫁の悪口を申すのもなんですが、嫁は躾《しつ》けが行き届きませんで、見ているだけで苛《いら》つきます。かというて注意でもしようものなら、いちいち嫌な顔をされるのですよ。先日もぞんざいな絎《く》け方をしているので文句を言いましたら、なれば姑上《ははうえ》さまがなされませと、言い返す始末。あきれてものも言えません」

早苗は顔をしかめた。眉間に癇癖《かんぺき》なしわが刻まれる。

珠世は話を先へ進めるのをためらった。早苗と共に暮らす者は、箸《はし》の上げ下ろしにまで気を使うことになりそうだ。父がそれに耐えられるか。

だが、「惚《ほ》れた」というなら、そんな些細《ささい》なことは苦にならぬはずだ。

「そういうご事情でしたら、お移りになられたほうがようございますね。ですが、お一人ではお寂しゅうございましょう」

「ええ。それゆえ、出来ますことなら……」

早苗は恥ずかしそうに身をくねらせた。

珠世はここぞとばかり膝《ひざ》を乗り出した。

「再嫁《さいか》され、新たなご亭主を伴えばよろしゅうございます」

「はい。わたくしもさように……。この歳《とし》で、お恥ずかしゅうはございますが」

「いえいえ、さようなことはありません。ぜひともそうなされませ。一人より二人、人は支え合って暮らすが一番です」

早苗はうなずいた。が、その顔にわずかな逡巡《しゅんじゅん》がよぎる。

「とは申しましても、多すぎるのも不安にはございますが……」

消え入りそうな声で言う。

珠世は「おや」と首をかしげた。

「多すぎるとは？」聞き返そうとして、はっと顔を上げる。「あのう、早苗どのがお考えのお方とは、もしや……」

早苗は真っ赤になった。

「もしや、石塚源太夫どの！」

「はあ……」

珠世は絶句した。

源太夫は早苗より三つ年下である。おまけに五人の子持ちだ。職なしの居候《いそうろう》とはいえ、目下、仕官の口を探している身だった。隠居には早すぎる。

珠世は、源太夫のうっすらと不精髭《ぶしょうひげ》の浮いた顔を、早苗のとりすました顔の横へ並べてみた。どう見てもちぐはぐだった。だいいちあの子供たち——たとえ一人であっても、とうてい早苗の手には負えまい。それが、五人もいる。

かろうじて心を落ちつかせ、

「源太夫どのはお心ばえのよきお方ですが……さりとて、五人のお子を育てるは、よほどのお覚悟がいりましょう」

遠慮がちに言ってみた。

「それゆえ迷うておるのです」早苗は吐息をもらした。「ですが、あのお子たちは野放しにされております。だれぞがきびしく躾けなおさねばなりません。ここで嫁の愚痴を言っているより、お子たちを引き取ってお育てするほうが、人さまのお役に立つのではないかと思うのです」

高潔な志に燃え、悲壮な覚悟を固めたものらしい。

それにしても、早苗が源太夫に惚れたこと自体、珠世には信じがたかった。人は伴侶に自分にないものを求めるというが、二人はあまりにもちがいすぎる。

だが、恋心の不思議についてあれこれ思いあぐんでいる暇はなかった。

一旦、思いの丈を打ち明けてしまうと、早苗は迷いを捨てたようだった。

「珠世さま。珠世さまより石塚さまに、お話しいただけませんでしょうか。話が決まり次第、わたくし、すぐにも王子村へ引き移るつもりでおります」

窮屈な納戸暮らしの上に、着たきり雀、もらい食いの源太夫父子である。早苗の言葉の裏には、源太夫がこの話を断るはずがないという自負が感じられた。

源太夫は多津の敵である。その問題が片づかなければ再婚どころではないと思ったが、

「話すだけは、話してみましょう」

早苗の強いまなざしに押されるように、珠世はうなずいた。

「なれど源太夫どのがなんと言われるか……」

「遠慮はいらぬと言ってください。姉の家は大尽ですし、わたくしも多少の蓄えがございます。石塚さまご一家は、ただ、わたくしの言う通りになすってくださればよいのです」

熱をこめて言うと、早苗は深々と頭を下げて帰って行った。

珠世はどっと疲労を覚えた。夕暮れまでにやってしまおうと縫いかけの着物を取り出したものの、針は一向に進まなかった。

「土産だ。おまえからその、渡してくれ」

帰宅した久右衛門が珠世に手渡したのは、護国寺の護符である。きらびやかな守り袋を見て、珠世の胸は痛んだ。

事実がわかったら、父はどんなに落胆するか――。

人と猫はちがう。一途《いちず》に追いかけ、強引に睦《むつ》み合うというわけにはいかない。そのことが、珠世は歯がゆかった。

六

源太夫の意向を訊《たず》ねる前に、珠世は多津に相談を持ちかけた。

多津が門前で竹箒《たけぼうき》を使っているところをつかまえたのは、久右衛門を気づかってのことである。

「多津どのが果し合いを止《や》めると言うてくださらねば、源太夫どのは王子村へは行かれません」

矢島家にいる間は敵討《かたきう》ちを仕掛けぬ約束である。が、家を出ればその範疇《はんちゅう》ではない。

降って湧《わ》いた源太夫の縁談に、多津は衝撃を受けたようだった。

「あの早苗さまが……」

絶句している。

「口うるさいところはありますが、家事はお上手、裁縫などなかなかの腕前ですよ。なによりご自分の手でお子たちを立派に育てたいと言われるのです。源太夫どのにとっても、お子たちにとっても、わるい話ではありません。むろん源太夫どのが承諾なさるかどうかはわかりませんが、せっかくのめでたい話、気がかりは早々に除いておきたいのです」

「なれど、わたくしは……」

多津は唇を噛《か》み、目を伏せた。その目許《めもと》がうっすら赤みを帯びているところを見ると、多津の逡巡《しゅんじゅん》は、単に敵を逃がす悔しさのせいだけではないようだ。もしや早苗に妬心《としん》を抱いているのではないか——珠世はふっと思った。

それならそれで願ってもない。

「果し合いなど、この際……」

お止めなさいと言おうとすると、「いやです」と、多津は珠世の言葉をさえぎった。

「この期《ご》に及んでそんな……。わたくしは、承服出来かねます」

燃えるような目で珠世を見返す。くるりと背を向け、門のなかへ駆け込んでしまった。

多津が矢島家の居候となって半年が過ぎた。頑《かたく》な心もここへきてようやくほぐれかけてきたように思ったのだが、早とちりだったのか。

珠世はため息をつき、多津のあとから門をくぐった。


「やはり、われらがおってはご迷惑にござろうの」

話を聞くや、源太夫は肩を落とし、深々と吐息をついた。

鬼子母神の社の森で二人は向き合っている。

「さようなことは申しておりません」

「なれば、なにゆえ王子へ行けなどと……」

「行けとは申しておりません。早苗さまのお気持ちをお伝えしているのです」

「それにしても、早苗どのはなにを思うて拙者にさような申し出を……」

人が人のどこに惹《ひ》かれるか、それは当人しかわからない。ただひとつだけ、珠世にもわかっていることがあった。

「源太夫どのに惚れておられるからです」

直截《ちょくさい》に応《こた》えると、源太夫はけげんな顔をした。「惚れる」という言葉の意味がぴんとこないらしい。

「早苗さまは源太夫どのを慕っておられるそうです」珠世は言いなおした。「つまり、恋をしている、ということです」

そこまで言われれば、いくら鈍感な人間でもわかる。

源太夫は棒立ちになり、口をぽかんと開けた。その顔が見る見る真っ赤に染まるのを見て、

「いかがにございますか」

と、珠世は重ねて訊ねた。

源太夫は一、二歩、あとずさった。両手を泳がせる。

「せ、拙者は敵持ちだ」

「多津どののことでしたら、わたくしがなんとか説き伏せましょう」

「こ、子が五人もおる」

「早苗どのが躾けると仰《おお》せです」

「拙者は浪人ゆえ……」

「先立つものなら、心配はいらぬそうですよ」

突然、源太夫は太刀を引き抜いた。気合を込め、櫟《くぬぎ》の枝を斬《き》り落とす。

珠世は息を呑《の》んだ。

「せっかくのお話だが、お断りいたす。早苗どのにさよう伝えてもらいたい」

源太夫はくるりと振り向くと、深々と頭を下げた。

「ほんに、お断りしてもよろしいのですね」

「いかにも。お内儀もご存知の通り、拙者の命は多津どのに預けた。多津どのが放免すると言っても、拙者の気が済まぬ。果し合いを終えるまで、妻《めと》を娶る気にはなれぬ」

源太夫は果し合いをして負ける気でいるのではないか。多津の父親を斬ったのはこの成り行き、源太夫の罪ではなかったが、父を失った多津の心中を思いやり、潔《いさぎよ》く決着をつける気になっているのだろう。妻どころでないのは当然だった。

「あなたさまも多津どのも、いつまでもさようなことを……」

珠世は顔を曇らせた。

すると突然、源太夫は、ははは、と磊落《らいらく》な笑い声を上げた。

「あ、いやいや。今のは断る方便」と言って、ひょいと首をすくめる。「正直申せばの、拙者、苦手なのだ」

「なにが苦手なのです？」

「決まっておろうが。あの手合いだ。躾けなんぞという言葉は聞いただけで虫酸《むしず》が走る」

源太夫は大仰に顔をしかめた。

早苗ににらまれ、身をすくめながら父子六人、膳《ぜん》を前に黙々と箸を運ぶ光景がまぶたに浮かぶ。珠世も吹き出した。

源太夫は珠世の笑顔を眩《まぶ》しげに眺める。

「あの女に躾けられては、子らは一日と保《も》つまい。むろん拙者もだ」

「正直申せば、わたくしも無理があると思っておりました」

思わず本音をもらすと、源太夫は得たりとばかりにうなずいた。

「あの餓鬼どもと暮らせば、向こうとて一日も保たぬ。泡を吹いて卒倒しよう」

「なれば、ようございました。早苗さまは命拾いをなさいました」

二人は声を合わせて笑った。

森のどこかで、御鳥見役の手から逃れた雀が鳴いている。

肩を並べ、二人は家へ帰って行った。

七

久右衛門は縁側でうたた寝をしていた。陽射しが傾きはじめたので、老いて縮こまった体が影に包まれている。浴衣《ゆかた》をかけてやろうとして、珠世はふっと父の背中を見つめた。

数日前、早苗は王子村へ引っ越して行った。挨拶《あいさつ》には来なかったが、珠世は雑司ヶ谷のはずれまで見送っている。

鳥が飛び立つようなあわただしい出立は、久右衛門を落胆させた。以来、土産を買って帰ることもなくなり、発句にも興味を失い、身なりもかまわなくなった。恋猫の季節が過ぎて、元の久右衛門に戻ったのである。

珠世は、父が早苗に思いを打ち明け、面目をつぶされるのではないかと危惧《きぐ》を抱いていた。が、幸いなことに、それだけは取り越し苦労に終わった。久右衛門はなにも言わぬまま、早苗を送り出した。勘の鋭い久右衛門のこと、もしかしたら、自分の思い違いに気づいたのかもしれない。

しばらく眺めていると、庭先に雀が舞い降りた。久右衛門の背中に緊張が走る。眠っていてさえ雀の気配に反応するのは、御鳥見役の哀《かな》しい習性だ。

習性……身にしみついたお役目――。

珠世は見知らぬ土地にいる夫を思った。

父の体へ浴衣をかけ、忍び足で部屋を出る。

茶の間では、多津と君江が単衣《ひとえ》を縫っていた。

あと半月ほどでまたもや更衣《ころもがえ》。五月五日から八月晦日《みそか》までは、麻布や葛布《くずふ》で仕立てた単衣の季節だ。

「手慣れたものではありませんか」

珠世は裁縫箱を引き寄せながら、多津の手元をのぞき込んだ。

「多津どのは手先が器用なのです。菜を刻むのだってお上手ですよ」

君江が口をはさんだ。

この日、多津は自分から裁縫に加わると申し出た。珍しいこともあるものだと首をかしげる一方で、珠世は再び希望を抱きはじめていた。

やはり、多津どのの気持ちは動いている——。

秋は、源太夫にせがんで雀捕りに出かけていた。むろん、源太郎と源次郎も一緒だ。雪は女たちの傍らで昼寝をしていた。添い寝をしていたはずの里も、いつのまにやら眠りこけている。

やがて初夏の陽射しは西に傾きはじめた。

「あら、時鳥《ほととぎす》……」

多津が顔を上げた。小首をかしげ、鳴き声に聞き入る。

「このあたりはよく鳴くのですよ。風流人がわざわざ初音《はつね》を聞きに来るくらいですから」

珠世も手を休め、耳を澄ませた。

小石川から高田馬場、駿河台界隈《かいわい》は時鳥の名所である。

「時鳥は巣を作らぬそうです。鶯《うぐいす》の巣に卵を産みつけ、鶯に雛《ひな》を育ててもらうのですよ」

珠世が言うと、

「そうなの、あつかましい鳥……」

君江は里と雪に目をやって、肘《ひじ》で多津をつついた。

「ね、だれかに似てるでしょう」

二人は顔を見合せ、忍び笑いをもらした。

「しっ。雛が目を覚ましますよ」

娘たちを軽くにらみながら、珠世もついつい笑い出している。

女たちの笑い声で雪が目を覚ました。大きな伸びをして、丸い目であたりを見まわす。

時鳥が鳴けば立夏。暦の上ではもう夏である。
季節は移ろい、子供達はぐんぐん成長してゆく。
珠世は両頰にえくぼを浮かべ、縫いかけの着物を取り上げた。

第四話　雨小僧

一

ぴたぴたぴた。

ぬかるみを踏む音が聞こえている。

すりきれた草鞋《わらじ》の底を左右交互に見せながら、雨に煙る野道を遠ざかる男の後ろ姿が見えた。忍び笠の縁から雨滴がたれ、合羽《かっぱ》の裾《すそ》がひるがえる。

背を丸め、黙々と歩を進めるその姿は、伴之助《ばんのすけ》か久右衛門か。

「もし、お待ちを」

追いすがろうとしたところで、珠世《たまよ》は目を覚ました。

雨が屋根を叩《たた》いている。

風が雨戸をゆらしていた。

夜明けにはまだ間がある。深々と息を吸い込むと、雨の日特有の生臭く湿った匂《にお》いが鼻についた。

梅雨ゆえ無理もないが、今年は例年になく雨量が多い。珠世が生まれる前からあったというこの家は、四十余年の年輪を経てあちこちガタがきていた。去年はあそこ、今年はここと、目に余る箇所に手を入れ、だましだまし使ってはいるものの、戸は立てつけがわるく、廊下はきしみ、天井には雨じみが浮き上がっている。寝所の隅に置いた盥《たらい》にも、八分目ほど水がたまっていた。

そういえば、今夏は屋根の杮《こけら》を葺《ふ》きなおすつもりだった。夫の伴之助とも相談して、そのためにわずかながら銭を貯《た》めている。ところが——。

珠世は源太夫父子の顔を思い浮かべた。

台所は火の車だ。そろそろ蓄えに手をつけなければ、立ち行きそうにない。

なれどまあ、雨漏りなんぞ——。

珠世は両頰にえくぼを浮かべ、静かに身を起こした。

雨漏りなら、桶《おけ》や盥を総動員すればすむ。風雨をしのぐ家があるからこその悩みと思えば、それもまた愉快と思えぬこともない。

手早く身繕いをすませ、部屋を出た。

納戸《なんど》の前を通りかかって、思わず足を止める。開け放した引き戸から、丸太のような足が二本突き出ていた。源太夫の足だ。子供たちに押し出されたものらしい。他人の体が乗り上げようが、顔を蹴飛《けと》ばされようが、平然と眠りこけている父子の逞《たくま》しさには、毎度のことながら感嘆させられる。

珠世は足を避け、大まわりをして茶の間へ入って行った。

器用に片側をかたげて雨戸を開ける。薄闇《うすやみ》の庭に吹き矢のような雨が降りそそぎ、地面から雨煙が立ち昇っていた。

そのせいで、はじめは気づかなかった。が、よく見ると、雨煙ではない別の煙が、吹き矢の合間を縫うように、細くたゆたっている。

雨が吹き込まぬよう途中まで雨戸を閉め、奥の間へ向かう。

久右衛門は縁側にしゃがんで、庭を眺めながら煙管《きせる》を吹かしていた。

「雨がかかりますよ」

声をかけたが、腰を上げようとしない。

珠世は敷居際《ぎわ》に膝《ひざ》を落とした。黙って眺めていると、久右衛門は口へ持っていきかけた手を宙に止め、ぼそりとつぶやいた。

「あの日も、雨が降っていた」

言葉と一緒に口中に残っていた煙が吐き出され、目を凝らして見なければわからぬほどの淡い煙が、輪になって霧散する。

「あたりが煙っておっての、視界がきかなんだ。山道でもあり、足元に気をとられておったところへ、突然、奴らがあらわれた」

久右衛門の肩がぴくりと動いた。

なんの話をしているか、訊《き》かなくてもわかった。お役目上の遠出。おそらく他藩の偵察だろう。脇腹《わきばら》から背骨にかけてうっすらと残る傷痕《きずあと》――その傷を受けたときのことを、父は思い出しているのだ。

矢島家は代々、御鳥見役を賜っている。御鳥見役には御鷹場《たかば》を巡邏《じゅんら》するお役の他にもうひとつ、裏の任務があった。目下遠出中の伴之助もおそらく……。

「雨はじゃが、味方でもあった」久右衛門はつづけた。「あわやと思うたとき、敵がぬかるみに足をとられた。わしはすかさず大木の根元を蹴り、反動で俵のように山の斜面をころがった。気がつくと蓑《みの》は真っ赤じゃったが、山腹に点々とついた血の跡は、雨が即座に洗い流してくれた」

煙管を吸いたて、勢いよく煙を吐き出す。

「白湯《さゆ》を、もらおうか」

「はい。ただいま」

珠世は腰を浮かせた。

厨《くりや》へ向かいながら、なにゆえ父上は昔話をされたのかと考えた。むろん、雨のせいもある。が、これまで久右衛門は、一度もお役目の話をしたことがない。

そうだ。婿《むこ》の身を案じているのだ。似たような目に遭っているのではないかと気づかっている。珠世は、父が自分に、肚《はら》をくっておけと忠告したのではないかと思った。

厨は母家《おもや》の北側にある。薄闇のなかで、吐息のような音が聞こえていた。

「おや、多津《たづ》どの」

多津はへっついの前にかがんで、火吹で火をおこしていた。

「今朝は早いのですね」

「雨音で目が覚めてしまいました」

それにしてもよう降りますね、と、珠世を見上げた。昨秋はじめて矢島家へやって来たときとは別人のように柔和な顔である。

「この雨で子供たちは退屈しきっています。早う梅雨が明けるとよいのですが」

珠世は土間へ下り、柄杓《ひしゃく》で水桶の水を湯鍋《ゆなべ》に移した。

退屈しているといっても、源太夫の子供たちだ。じっとしているわけではない。狭い家のなかを駆けまわる。喧嘩《けんか》をする。引っかきまわす。五歳から十一歳までの子供たちはいずれ劣らぬ強者《つわもの》だが、七つになる次男の源次郎はなかでも手に負えなかった。昨日も、久右衛門が大切にしている矢立てを投げ矢に見立てて遊び、廊下を墨だらけにして大目玉を食らった。

「子供たちより、源太夫どののほうが苛《いら》ついておられますよ」

多津は笑みを浮かべた。微笑《ほほえ》むときりりとした目許《めもと》が華やぎ、娘らしさが匂い立つ。

珠世も眸《ひとみ》を躍らせた。

「ほんに、のそのそ歩きまわっては、雨空を見上げてため息ばかり。まるで檻《おり》に入れられた熊のようです」

二人は声を合わせて笑った。

多津が火をおこし、珠世が湯を沸かす。朝飯は十二人分。少禄《しょうろく》の御家人には養い難い人数だが、かといって、米や味噌《みそ》をけちる気はなかった。ことに育ち盛りの子供たちには思う存分食べさせてやりたい。

朝飯の支度をしていると、君江が起きて来た。君江の歳《とし》に姉娘の幸江は嫁いだ。姉とちがって地味で目立たぬ上にまだ少女っぽさがぬけきらないので、ついのんびりしているが、縁談の話もちらほら聞こえている。

「お祖父《じい》さまも起きておいでですよ。挨拶《あいさつ》をしておいでなさい」

白湯を入れた湯飲みを盆にのせ、珠世は君江に手渡した。

二

「雨小僧? なんだ、それは?」

久之助はけげんな顔で聞き返した。

珠世と多津も、目を丸くして隼人《はやと》の顔を眺めている。

この日、菅沼隼人が訪ねて来たのは、久之助の友としてでも、栗橋道場の仲間としてでもなかった。隼人は御徒目付《おかちめつけ》の嫡男《ちゃくなん》で、目下、見習いを勤めている。お役向きの用事で、組屋敷の世話役の家を訪ねた帰りだという。

「武家屋敷ばかりを狙《ねら》う怪盗です。極悪非道な奴で、四谷、市ケ谷、牛込界隈《かいわい》の武家はふるえ上がっています」

奥の間から子供たちの声が聞こえていた。久右衛門が遊んでやっているらしい。降り止《や》まぬ雨に業《ごう》を煮やして、源太夫は今朝方からどこかへ出かけていた。

「なにゆえ、雨小僧なのですか」

多津が訊《たず》ねた。

「盗みに入るのは雨の日にかぎる。置き土産に、『雨小僧』と墨書きした紙片を残してゆくというのです」

一同は顔を見合わせた。珠世は膝を乗り出す。

「それで組屋敷をまわって、怪しい者に気をつけるよう警告して歩いているのですね」

よほど物好きな盗人《ぬすっと》でなければ、雨漏りするような家は狙うまい。とは思うものの、狙いが金品ではなく、武家への怨《うら》みや嫌がらせとなれば、万にひとつ、可能性がないとも言えなかった。矢島家へ雨小僧が押し入ったとして、物おじしない子供たちが抵抗でもしたらどうなるか。危害を加えられる恐れもある。

「今のところ、四谷近辺以外では被害は出ていません。ですがむろん、用心にこしたことはありませんからね」

隼人が言ったとき、君江が盆をかかげて入って来た。茶菓を配る。隼人の前に湯飲みを置くとき、恥ずかしそうに頰を染めるのを見て、珠世は「おや」と首をかしげた。隼人に目をやれば、こちらも固くなって目を伏せている。

多津と久之助は二人の変化には気づかなかった。

「雨小僧とやら、四谷界隈の武家になんぞ腹蔵があるのでしょうね」

「雨の日にかぎるというのは、晴れの日しか出来ぬ仕事をしておるのやもしれぬぞ」

あれこれ言い合っている。

「そういえば七、八年前になりますか……」珠世も会話に加わった。「鼠《ねずみ》小僧という盗人がお縄になりました。鼠小僧も大名屋敷や武家屋敷ばかり狙ったそうです。雨小僧とは、鼠小僧の向こうを張って名乗っているのやもしれません」

「なれど鼠小僧は殺生をしなかったと言います。雨小僧はちがいます。顔を見られたとあらば、容赦なく惨殺《ざんさつ》します」

君江は身ぶるいをした。

「雨小僧は一人ではないのですか」

「わかりません。が、手口からみて、多くとも二、三人でしょう。大名家や大身《たいしん》の旗本家は狙わず、少人数の、どちらかといえば小体《こてい》な家ばかり狙っています」

「惨殺すると言ったが、刀をつかうのか」

「これまでは匕首《あいくち》だった」

深夜、雨音にまぎれて忍び込む。家人に見つかったと知るや、匕首で一突き。小猿のように敏捷《びんしょう》で、鷹のように冷酷な盗人――。

茶菓で一服したのち、隼人は帰って行った。

雨はまだ降りつづいている。

源太夫の後ろからひょいと顔をのぞかせた男は、猿まわしの猿さながらだった。もっとも、顔自体はまん丸でつるんとしている。猿顔ではない。が、子供並の背丈といい、きょときょとと落ちつきのない様子といい、派手な柄物の小袖《こそで》を尻《しり》っぱしょりして脛《すね》を剝《む》き出しにしたいでたちといい、奇妙奇天烈《きてれつ》としか言いようがなかった。男は手拭《てぬぐ》いで頰かぶりをしている。足は素足に草鞋《わらじ》、首には四角い箱をぶら下げていた。

「へい、へいへいへい。お初にお目にかかりやす」

歌うような口調で言うと、ぴょんと飛び出し、頭を下げる。

夕餉《ゆうげ》の支度をしていた珠世と多津、二人の手伝いをしていた里と秋の四人は度肝をぬかれ、申し合わせたようにぽかんと口を開けて珍客を眺めた。

「ここがおれの家だ。あいや、寓居《ぐうきょ》ではあるがの」

源太夫は泰然自若として言う。

「こいつは、ええと……」と、男に目を向けた。「藤助だったか」

「へいっ。さいで」

男は満面に笑みを浮かべた。目が糸のように細まり、頬がぷっくりふくらんで、おかめひょっとこのおかめのような顔になる。

「傘にの、入れてもろうたのだ」

源太夫は言いながら、片手につかんでいた傘を広げて見せた。

それを見て、一同はまたもや度肝をぬかれた。その派手派手しさたるや半端ではない。紅をこってり塗りたくった真ん中に、鮮やかな青で大きく宝珠の玉の絵が描かれている。雨に濡《ぬ》れても流れないようにとの配慮だろう、油紙の上に二重に油紙が貼《は》られていた。

「それゆえ礼を、と思うての。晩飯に誘ったのだ」

だれも声を発しないので、源太夫は早口でつづける。さあ上がれ、と、自分の家のような顔でうながし、先に立って板間へ上がった。

藤助もちょこまかとあとにつづく。

「その箱、なあに」

真先に我に返ったのは秋だった。好奇心の塊だけあって、大根を放り出し、板間へ飛び乗って藤助の箱をのぞき込む。

「へへへ、なんでやんしょ」

藤助は箱から三寸ほどの葭《あし》の茎を取り出した。

「玉や、玉や、玉やぁ」

と、鼻にかかった作り声で歌い上げ、おもむろに茎をくわえて箱に突っ込む。

「あ、しゃぼん玉」

秋と里が同時に歓声を上げた。

藤助が吹くたびに茎の先端から五色のしゃぼん玉が飛び出す。

「まあ、きれい」

珠世も目を輝かせた。けげんな顔はどこへやら、子供のようにはしゃいで両手を差し伸べる。触れたとたんに玉は消えてしまうが、それでも儚《はかな》い美しさに、手を差し伸べずにはいられない。

しゃぼん玉を追いかけて、秋と里も藤助のまわりを飛び跳ねた。

子供たちの熱中ぶりをうれしそうに眺めながら、

「しゃぼん玉で遊んだことはござらぬか」

源太夫は多津に訊ねた。

「一度だけ、呼び声に誘われて表へ飛び出したことがあります。そういえば、あのしゃぼん玉売りも、晴れの日に傘をさしていました」

「しゃぼん玉売りに傘は欠かせぬ。人寄せの道具ゆえ」

この雨では雀も捕れない。子供の相手をして木のぼりや鬼ごっこをするわけにもいかない。退屈しきって鬼子母神《きしもじん》の境内をうろついていると、雨が烈《はげ》しくなってきた。茶屋へ駆け込み、団子を食べながら雨宿りをしていたが、いっこうに小降りにならない。見切りをつけて帰ろうとしたところ、傘が消えていた。だれかに持ち去られたらしい。困惑したそのとき傘をさしかけてくれたのが、しゃぼん玉売りの藤助だった。

「さあ、坊主どもにも見せてやろう」

源太夫は藤助を引き連れ、意気揚々と茶の間へ入ってゆく。厨《くりや》の手伝いなどすっかり忘れ、秋と里もあとにつづいた。

「相変わらず、源太夫どのは厚かましゅうございますね」

多津は苦笑した。居候《いそうろう》のくせに晩飯をふるまうと言って、出会ったばかりの、それも名前すらよく知らない男を連れ帰るとは、源太夫でなければ出来ない芸当である。

珠世は笑い流した。

「一人増えたとておなじこと。それより、にぎやかになって、お祖父さまもお喜びになられましょう。なにやらふさいでおられましたゆえ」

汁の実を増やしましょうと、いそいそと夕餉の支度に戻る。

しゃぼん玉を見たことで、珠世の心は浮き立っていた。

珠世の幼い頃は、しゃぼん玉はまだなかった。もしあったら、透き通った五色の玉に心を奪われていたにちがいない。どこか遠くへ飛んで行きたいと、夢を描いていたのではないか。夢に踊らされて、今とちがった暮らしをしていたかもしれない。それが今より幸せだとは決して思わないけれど……。

雑司《ぞうし》ケ谷《や》は江戸のはずれだ。ごくたまに鬼子母神の縁日で見かけるくらいで、しゃぼん玉売りの姿はめったに見かけない。

そういえば、縁日でもないのに珍しいこと——。

ちらりと思ったものの、煮立った鍋《なべ》に気をとられ、珠世はすぐに忘れてしまった。

三

「あっしは三河の生まれでして。昔は万歳《まんざい》をやっておりました」

夕餉のあと、藤助は問われるままに身の上話を披露した。

万歳は縁起物で、毎年、三河国からやって来た二人組が、新年の座興として大名家や旗本家をまわる。万歳歌を舞い踊るのが太夫《たゆう》、鼓《つづみ》を叩《たた》いて滑稽《こっけい》な身振りで戯《たわむ》れるのは才蔵。藤助は才蔵役だった。

「ところが相棒がぽっくり死んでしまいました。その頃には、あっしも行き来するのが面倒になっておりましてね。どうせ待ってる身内があるでなし。そんならいっそ江戸に住んでみちゃあどうかとさようなわけで。こんところ、しゃぼん玉が流行《はや》っていると聞きましたんで、子供も好きでございますし、ちょうどうってつけだと、へい、それで商売替えをすることにしたんでございます」

藤助の話に身を乗り出したのは久太郎である。

「毎年のように、東海道を行き来しておったのか」

「それはもう、幾度となく」

「なれば、街道沿いの国については詳しかろう」

「江戸へ出る際は、ま、仕事の前ですから、さっさかさっさか脇見《わきみ》もせずに参りましたが、帰り道は銭もある、心も軽いってんで、ついつい寄り道をいたしました。詳しいかどうかわかりませんが、ざっとのところは……へい」

久太郎がなにを訊《き》こうとしているのか、珠世はすぐにわかった。「沼津藩」について知りたいのだ。沼津には伴之助がいる。

そっと久右衛門の様子をうかがうと、久右衛門も藤助に鋭い視線を当てていた。

「沼津宿にも立ち寄ったことがあろう」

案の定、久太郎は訊《たず》ねた。小細工やごまかしは苦手なのだ。

藤助は小首をかしげてちょっと考え、「へい、そいつはもう」とうなずいた。

「最後に参ったは何年前だ？」

「ええと、あれは大殿さまがお亡《な》くなりになられた次の次の年ですから、四年前になりますか。あすこには、あっしの相棒の縁者が住んでおりまして、けっこう長居したこともございます」

「大殿さまというと……」

「ご老中を勤められた出羽守《でわのかみ》さまにございますよ」

「水野出羽守忠成《ただあきら》さまじゃ」

久右衛門が言葉を添える。

「へい。その、水野の大殿さまで」

「いかようなところだ。つまりその……貧しいか裕福か、住人どもの暮らしはどうか、なんぞ揉《も》め事などなかったか、というようなことだが……」

矢継ぎ早の問いかけに、藤助は目を白黒させた。

「五万石のご城下ですし、なんといっても東海道と足柄街道がございます。それに加えて湊《みなと》はあり、富士山から下る黄瀬川《きせがわ》もあり……大昔から人馬でにぎわっていたと申しますが、そういった意味じゃあ、裕福な土地柄でございますよ」

「武士の暮らしぶりはどうだ」

「さあ……あっしのような余所者《よそもの》にはお武家さまのことはわかりませんが、でもまあ、お上のお覚えがよろしいのでしょう、ご加増がつづきましたとやらで、立ち寄るたんびにお侍さまの数が増えておるように見受けました。大殿さまが亡くなられましてからも、ご改革とやらがありまして、お武家さまはよい目にお遭いなすったようにございますよ」

兄と藤助のやりとりをひと言も聞きもらすまいと、久之助も、真剣な顔で耳を傾けている。

だが、藤助は才蔵だった。藩の内情を訊ねたところでわかるはずがない。四年前までは巷《ちまた》を騒がすような事件はなく、豊かで平穏な国だったということで、とりあえずは満足しなければならなかった。

久太郎の質問が終わると、座は再びくだけた雰囲気に戻った。久右衛門の要請で藤助は万歳のさわりを演じ、一同の喝采《かっさい》を浴びる。そのあとは、子供たちにせがまれるまま、しゃぼん玉を飛ばしてやっている。

子供好きと言った言葉に嘘《うそ》はないらしい。源次郎が強引にしゃぼんを吸い立てても腹も立てず、雪を膝《ひざ》にのせ、秋と里には首っ玉にかじりつかれて、笑みくずれている。

夕餉のあとかたづけの手を休め、珠世はちらちらと茶の間をのぞいた。

奇妙なお人だこと――。

まるでしゃぼん玉みたいな人だと、珠世は思った。ふわふわと腰が落ちつかず、とらえどころがない。五色に見えながら、透き通っていて実体がないところもそっくりだ。

子供たちがはしゃぎ疲れて眠り、久右衛門、久之助、君江、多津の四人が自室へ引き上げ、朝の早い久太郎が眠りについてもなお、源太夫と藤助は酒を酌《く》み交わしつつ、よもやま話に興じていた。台所と茶の間を行き来しながら、珠世もいつしか陽気なやりとりに引き込まれている。

その夜、藤助がいずことも知れず帰って行ったのは、子《ね》の刻（午前零時頃）を過ぎてからだった。

四

翌朝、事件が発覚した。

米櫃《こめびつ》は早くも底が見えている。いよいよ屋根の葺《ふ》き替えをあきらめ、その銭で米や味噌を買い足さねばならない。

珠世は、奥の間の違い棚の小抽出《こひきだ》しを開けてみた。するとどうだろう。財布ごと、銭が消えているではないか。

動かした覚えはなかったが、もしやどこかに置き忘れたのやもしれぬ。そう思って家捜《やさが》しをした。多津と君江にも事情を話し、捜すのを手伝ってもらったが、見つからなかった。

「あの男です」多津は断言した。「はじめから妙だと思っておりました」

「めったなことを言うものではありません」

たしなめはしたものの、珠世も眉《まゆ》を曇らせる。

「愛想がよすぎます。あれは後ろめたいことがあるからですよ。それに落ちつきがなく、そわそわしていました」

「そういえば、手水《ちょうず》に行くといって、何度も席を立ちましたね」

「首に下げたあの箱、あそこへ隠して持ち出したのやもしれません」

多津と君江が口々に言い合っているところへ源太夫が入って来た。二日酔いか寝不足か、はればったい顔をしている。

源太夫は二人の会話を聞きとがめて、

「藤助が盗人だと申すか」

と、肩を怒《いか》らせた。

「断じてちがう。あやつはさような男ではござらぬ」

「なにゆえちがうと申されるのですか」

多津はすかさず切り返した。

「なにゆえ？　さようなことを言われても……」

「はじめて会ったのです。信が置けるかどうか、わかりませんでしょう」

「お住まいをご存じなのですか」

「い、いや……」

ほれ、ごらんなさいというように、多津と君江は目くばせを交わし合った。

「そもそも、縁日でもないのにしゃぼん玉を売り歩くなんて妙ではありませんか」

「それにこの雨。雨の日にしゃぼん玉売りとは、聞いたことがありません」

「でもね、盗むところを見たわけではないのです」源太夫の仏頂面《ぶっちょうづら》を見て、珠世はとりなそうとした。「憶測だけで盗人と決めつけてはなりません」

娘たちは珠世の言葉には耳を貸さなかった。

「しゃぼん玉は雨では飛ばせません」

「雨の日は商売上がったり。ということは……」

「もしや、雨小僧ではありませんか」

青ざめた顔で身ぶるいしている。

「まさか！」

珠世はさすがに息を呑《の》んだ。

「しゃぼん玉売りなら、子供を遊ばせるついでに、家の様子を聞き出すことも出来ます」

「箱のなかに盗んだ金品を入れて逃げれば怪しまれません」

すると源太夫が二人のやりとりに割り込んだ。

「待て待て。なんなのだ、雨小僧とは？」

代わる代わる隼人から聞いた話を伝える。

「ではなにか。あの藤助が、武家屋敷に押し入り、見つかったと知るや容赦なく家人を刺し殺す盗人だと申すか。とんでもない。あやつは虫も殺せぬ男だ」

源太夫は顔を真っ赤にして抗議した。

「人は見かけによらぬと申します。盗賊が強面《こわもて》とはかぎりません」

「君江どのの申される通りです。あの男はしゃぼん玉売りに商売替えをする前、三河万歳をしていたと申しました。万歳は武家屋敷をまわって新年を祝うもの。武家屋敷にはくわしいはずです。あえて日本橋あたりの大店《おおだな》を狙《ねら》わぬのは、江戸者ではないので、商家の事情に疎《うと》いからではありませんか」

多津は理路整然と言う。珠世と源太夫が絶句するのを見て、

「久之助さまに話して、隼人さまに知らせてもらいましょう」

あわただしく奥へ駆け込もうとした。

「待て」源太夫は両手をひろげ、多津の前に立ちはだかった。「一日だけ待ってくれ」

「どうしようというのです？」

「あやつを見つけ出す。見つけ出して問いただす」

「住まいもわからぬのに、どうやって見つけ出すのですか」

「わからぬ。が、なんとかする。頼む。この通りだ」

源太夫が頭を下げたときである。

「しゃぼん玉売りの小父《おじ》ちゃん、どこ？」

秋の声がした。

「一番はおれだ」

「ちがわい。おれだ。おれに吹かせてくれると約束したんだ」

「兄ちゃんはへたくそだからあとだ」

「なにを。おまえこそ、飛ばせもしないくせに」

源太郎と源次郎が先を争って駆けて来る。

大人たちのただならぬ様子が伝わったのか、子供たちは敷居際《ぎわ》に立ちすくんだ。

「小父ちゃんはね、おうちへお帰りになったのですよ」

珠世は子供たちのもとへ歩み寄った。三人の前にしゃがみ込んで、小さな体を腕のなかへ抱え込む。

「ほら。小父ちゃんにはお仕事があるでしょう。ですから、いつまでも遊んではいられないのです」

「なんだ、つまらない」

三人は不服そうに口をとがらせた。

「また来る？」

源次郎が訊ねた。

「ええ、きっと来ますよ」

「いつ？」

秋も訊ねた。

「さあ、いつでしょう」

「吹き方を教えてくれると約束したんだ」

「川原で飛ばす約束もした」

「あたしにも、もっといっぱい見せてくれるって」

子供たちはいっせいにがなり立てた。

するとそのときである。

「来ますよ、雨が止《や》んだら必ず」

多津が確信に満ちた声で言った。

子供たちはわーいと歓声を上げる。

珠世は多津を見上げた。

多津は子供たちに笑顔を向けている。ついさっきまで藤助を雨小僧だと疑っていたのが嘘《うそ》のような明るい顔である。

その多津を、源太夫が当惑顔で見つめていた。


珠世は夜中に目を覚ました。

相変わらず雨音が聞こえている。空のどこにこれだけの水が貯《た》め込まれていたのか。今年は例年になく梅雨が長い。雨量も多かった。西国では、洪水や山崩れの被害が出ているという。

珠世は沼津にいる夫を思った。

夫も今、眠れぬままに、雨音を聞いているのではないか。

いつまでつづくのやら――。

雨も、夫の不在も……。

盥《たらい》に落ちる雨滴の数をかぞえながら、胸の内でつぶやいたときである。天井が軋《きし》んだ。

猫でもいるのか。

闇《やみ》に眸《ひとみ》を凝らす。

物音は一旦静まった。と思うや、次の瞬間、メキメキと異様な音がして天板が割れ、空から人が降って来た。闖入者《ちんにゅうしゃ》は盥をはじき飛ばし、水びたしになった畳の上に墜落する。

黒装束に身を固め、ヒキガエルのような恰好《かっこう》で伸びている男は――藤助！

珠世は悲鳴を上げなかった。助けも呼ばなかった。藤助に駆け寄り、抱き起こす。

意識が戻るや、藤助は畳に額をすりつけた。

「すまねえことをいたしました。お許しくだせえまし。どうかお許しを」

頬かぶりをした頭に雨滴が落ちる。藤助は体の位置をずらし、盥を引き寄せて膝の上に抱え込んだ。雨と一緒に、涙が盥のなかへ降り注ぐ。

「泣いていてはわかりません。なにゆえ、屋根裏にいたのですか」

珠世は訊《たず》ねた。

涙と鼻水と雨滴でぬれそぼった藤助の顔は、昨日の鞠《まり》のようにはずんだ顔とは別人だ。盥を抱え、見る影もなくしおたれている姿は、こんな状況にもかかわらず、珠世の笑いを誘った。うつむいて笑いを嚙《か》み殺す。

源太夫は雨のなか、終日、藤助を捜しまわった。が、居所は知れなかった。意気消沈し疲れ果てて、今は眠りについている。つまり、藤助が雨小僧だという疑いは、まだ晴れてはいない。

だが珠世は恐ろしいとは思わなかった。目の前の男は、どう見てもおどけた才蔵、人のいいしゃぼん玉売りである。だいいち子供たちがあんなになついているのだ。大人の目は騙《だま》せても子供の目は騙せない。

藤助は、雨小僧ではない——。

そう。子供たちを見て、多津も自分の過《あやま》ちに気づいたのではないか。

「いったいどうしたのか、訳を話してごらんなさい」

やさしくうながすと、藤助は鼻をぐずぐずいわせながら、財布を取り出した。

「こいつを……お返ししようと、思ったのでございます」

珠世の膝元《ひざもと》へ押しやる。

「これは……」

「あいすみません。手水に立ったときです。廊下からひょいと部屋のなかをのぞくと、小抽出しが開いておりました。こいつが見えましたんです。それでつい、出来心で……」

厠《かわや》は廊下の取っつきにある。手前が奥の間で、違い棚はその部屋にあった。

そういえば——と、珠世は思い出した。上下ふたつの小抽出しのうち、下のひとつには蠟燭《ろうそく》が入っていた。長雨に退屈した子供たちが蠟燭を転がして遊ぶので、先日、注意したばかりだ。蠟燭が高価だから触るなというのではない。畳や廊下がすべりやすくなってあぶないからだ。子供の触らぬ場所へ移しかえるよう、君江に申しつけた。おそらく源太郎か源次郎が蠟燭を探そうと上下の抽出しを開け、きちんと閉めなかったのだろう。

通りすがりに財布が目に入り、藤助はふところへ入れた。

「やっぱりいけねえと思いなおし、元の場所に戻そうとしたんですが……」

奥の間は久右衛門の部屋だ。久右衛門が部屋へ戻って寝てしまったので返すに返せなくなったのだと、藤助はつづけた。

「事情はわかりました。なれど、一旦《いったん》持ち出したものを、なにゆえわざわざ返そうと思ったのですか」

「お子たちに、しゃぼん玉の飛ばし方を教える約束をしておりましたんで」

諸事倹約のお触れが出て以来、華やいだ遊びはそっぽを向かれるようになった。花火がご法度《はっと》となったのもそのひとつ。しゃぼん玉ごときでお上ににらまれるわけではなかったが、それでも、ひと頃のように子供たちが集まらなくなった。雨のなか、江戸のはずれまで足を運んだのは、食うに食えず、なんとか銭をかき集めようと思ったからだという。

「それだけではありませんね」

　珠世は藤助の目を見すえた。

「これまでも、人さまのものをくすねていたのではありませんか」

　藤助は「ひっ」と喉《のど》を詰まらせ、またもや畳に這《は》いつくばった。

「ほんの、ほんのときおり、いえ、たったの二度ばかり……くすねた、というかその、出しっぱなしにしてあったもんをちょいと失敬しただけでして」

「盗んだことに相違はありません」

　珠世はきびしく言った上で口調を和らげた。

「二度と盗みはしないと約束をするなら、財布を返しに参った心に免じて、そのことは咎《とが》めますまい」

「へ、へいへいへい。そいつはもう」

　藤助は平身低頭している。

「ともあれ、そなたが雨小僧でなくて安堵《あんど》しました」

　珠世が吐息をつくと、藤助は上目づかいに珠世の顔をうかがった。

「なんでございますか、その、雨小僧ってェのは？」

　珠世は藤助に雨小僧の話を聞かせた。

「今宵そなたに逢わなければ、雨小僧だと訴え出ていたやもしれません」

藤助はぶるっと身をふるわせた。

「そいつはその……四谷あたりの武家屋敷ばかりを狙いますんで？」

「さように聞いています」

「雨の日を選んで押し込みをすると？」

藤助は小首をかしげ、じっと考え込んでいる。

「もしかすると、もしかするかも知れません」

珠世は目をみはった。

「心当たりがあるのですか」

「へい。手癖のわるい仲間がおりまして。そいつはあっしとおなじ才蔵でしたが、四谷か牛込か、お武家さまに咎められ、お手打ちになりましたとか。くすねたと言ってもほんの端金《はしたがね》、あまりに酷《むご》い仕打ちだと兄貴分の太夫《たゆう》のほうはひどく腹を立てておりました。その後も別の仲間と組んで太夫をつづけておりましたが、つい最近耳にしたところでは、このご時世で商売上がったり。蚊帳《かや》を売り歩いているのを見た者がいるそうです」

「蚊帳を？」

「へい。声ならだれにもひけをとりやせん」

日本橋には近江商人の店が並んでいる。各町に出店があり、その大半は蚊帳や畳表を扱っていた。蚊帳は、手代が臨時雇いの担《かつ》ぎ手と二人ひと組になって町を売り歩くのが通例である。

蚊帳売りは四月末から六、七月が書き入れどきだ。蚊帳担ぎは毎年、真新しい半纏《はんてん》を着て、菅笠《すげがさ》をかぶり、「萌葱《もえぎ》の蚊帳ぁ」と、独特のゆったりした呼び声を上げながら町々をながして歩く。美声の持ち主でなければ勤まらない役だ。なるほど、太夫なら適任である。

「顔を見れば、わかりますか」

「むろん、わかります」

藤助が勢いよくうなずいたとき、雨がざあっと落ちてきた。

「おやまあ、水びたしになってしまいます」

「樽《たる》かなんかありゃあ、あっしが運びますよ」

「でしたら空の漬物樽を」

二人は足を忍ばせ、厨《くりや》へ急いだ。

五

雨小僧はお縄になった。

菅沼隼人がやって来て、捕物の報告をしたのは、梅雨明けの午後だった。珠世、久之助、多津、君江の四人が茶の間に集まって、熱心に聞き入っている。

「やはり蚊帳売りだったのですね」

珠世は眉《まゆ》をひそめた。

「蚊帳売りは家のなかへ入って蚊帳をつってやることがあります。その際に目星をつけておいて、雨の夜、押し入る。手代の平吉というのはかつて盗賊の一味でした。押し込みならお手のものです。相棒の蚊帳担ぎは、三河万歳をしていたといいますが、故《ゆえ》あって、武家に怨《うら》みを抱いていたようです」

「ともあれようございました。これで安心して寝られます」

「これも小母《おば》さまのお蔭《かげ》です」

「いえ。藤助さんのお手柄ですよ」

珠世はえくぼを浮かべた。

「それなのに、藤助さんを雨小僧と思い違いしたなんて」

「ほんにすまぬことをいたしました」

君江と多津は恥じ入ったように顔を見合わせる。

久之助は珠世に目を向けた。

「いや、わるいのは母上です。自分で財布を長持ちに入れ替えておきながら、うっかり忘れていたのですから」

「久之助の言う通りです。わたくしとしたことが、とんだ失態」

言葉とは裏腹に、珠世はころころ笑っている。

藤助が財布を盗んだことは、だれにも話していない。財布を返そうとして屋根から落ちたことも。藤助はあの夜、だれの目にも触れず、こっそり帰って行った。

だが、一人だけ、なにかあったのではないかと疑っている者がいた。

翌朝、珠世は財布が見つかったと打ち明けた。源太夫はけげんな顔をした。しばらくして珠世が自室へ戻ると、廊下に突っ立って、穴の空いた天井を食い入るように見上げていた。口に出しては言わなかったが、珠世の目を見て、源太夫は深々と辞儀をした。

「それにしても、我が家は蚊帳を新調する余裕がなくて幸いでした」

珠世が真顔に戻って言う。

雨小僧の話がひとくぎりついたところで、久之助は隼人に目を向けた。

「おぬしに頼みがある」

「なんだ、あらたまって」

「沼津藩の内情について、調べてはもらえぬか」

珠世ははっと目をみはった。多津と君江も思わず居住まいを正す。

「それがなんぞ……」言いかけて、隼人はうなずいた。「わかった。父に訊ねてみよう」

隼人の父は、御徒目付《おかちめつけ》のなかでも、大名の登城の際、玄関口を取り締まる役目を任じられている。それ以外に隠密の役を勤めることもあったが、そのことはむろん口外無用だ。久之助は単に、御鳥見役より御徒目付のほうが諸藩の事情に詳しいだろうと考え、藁《わら》をもつかむ思いで頼んだのだが、これはまさに適役だった。

しばらく談笑したのち、隼人は腰を上げた。

「そこまで送ってゆこう」

久之助があとにつづく。

多津と君江も門前まで見送りに出た。

「そういえば今日は静かだの。源太夫どののお子たちはどうした？」

歩き出そうとして、隼人は足を止めた。ちらりと君江を見る。

「近所の農家へ出かけました」多津が応《こた》えた。「源太夫どのが屋根を修理すると申されるのです。柿《こけら》の並べ方を教えてもらうのだとか……」

「いかんいかん。子供には無理だ」

梯子《はしご》によじ登ろうとする源次郎の足を、久右衛門がひしと抱え込む。

「やだい。手伝うんだい」

「これ。言うことをきかんか」

「兄ちゃんだって子供じゃないか。ずるいや、ずるいや」

源次郎は逃れようともがいた。

こんなとき日頃の鍛錬がものをいう。老人といえども、久右衛門の筋骨は逞《たくま》しい。まだ七つ八つの子供には負けない。

源太夫は屋根の上で柿を並べていた。元来が不器用なので、見るからにあぶなっかしい手つきだ。

源太郎は梯子の上段に立ち、柿がすべらぬよう押えていた。

里、秋、雪、三人の少女たちは、庭を飛び跳ね、声援を送っている。

「みしみしいっています。大丈夫でしょうか」

「屋根がぬけてしまいそう」

多津と君江は顔を見合わせた。

「母上、お止《と》めにならぬのですか」

「危のうございます。お怪我《けが》をせぬうちに、小母さま、下りるようにと言ってください」

二人は縁側まで駆けて来て、珠世に懇願した。

珠世は縫い物の手を休めない。

「言ったところで止《や》めませんよ」

案じていないわけではなかった。縫い目をひとつ進めるたびに、怪我をしませんようにと念じている。だが、止めさせようとは思わなかった。どのみち、珠世が言っても、止めるとは思わない。

屋根の修理は、源太夫の意地である。

藤助を連れて来たことで迷惑をかけた詫《わ》び。自分たち父子が居候《いそうろう》しているために出費がかさんで屋根の葺き替えが出来ない、そのことへの詫び。珠世に詫びるために、源太夫は屋根の修理を思いついた。なんとしても珠世の、矢島家の役に立ちたいのだ。骨の一本二本には代えがたいことが、ときにはあるものである。

「小母さまはよくそんなに平然としていられますね」

多津が非難がましく言うのは、源太夫の身を心底、案じているからだろう。

「わたくしより、そなたが言ったほうが効き目がありますよ。怪我をすれば果し合いが出来なくなる、下りて来なさい、と、言ってごらんなさい」

わざと突き放すように応じたとき、少女たちが歓声を上げた。

源太夫が意気揚々と梯子を下りて来る。取っ組み合いの喧嘩《けんか》をはじめた男児二人には目も止めず、縁側までやって来て、

「完璧《かんぺき》とはゆかぬが、穴の空いた箇所はふさいでおいた。しばらくは凌《しの》げよう」

と、得意気に胸を反らせた。

「ほんに助かりました。源太夫どのがいてくだすったお蔭です」

珠世がえくぼを浮かべて言うと、源太夫は照れくさそうにうなずく。

「さあ、お茶にいたしましょう」

珠世は君江に目くばせをした。

「わたくしも手伝います」

君江が厨へ向かうのを見て、多津もあとにつづく。

「そうそう、焼き団子がありますよ」

珠世が声をかけた。

団子と聞いて、源太郎と源次郎は喧嘩を止め、一目散に駆けて来る。

「そいつはありがたい。ちょうど小腹が空いたところだ」

源太夫も満面に笑みを浮かべた。真先に団子にありつこうと、汚れた足のまま縁側に上がり込む。立ち上がったとたんに、つるんとすべった。

「わあい、やったやった」

源次郎がはやし立てる。さては蠟燭《ろうそく》で悪戯《いたずら》をしたらしい。尻《しり》をさすっている源太夫を見て、珠世はこらえきれずに吹き出した。子供たちも久右衛門も、腹を抱えて笑っている。

当の源太夫もつられて笑い出す。

今頃、藤助はどこでしゃぼん玉を飛ばしているのか。

ぬけるような青空に、七色の虹がうっすらとかかっていた。

第五話　幽霊坂の女

一

梅雨が明けるや、江戸は猛暑になった。

陽が西へ傾いても、暑さは一向に和らぐ気配がない。

珠世《たまよ》はこの日、高田町の薬種問屋へ出かけた。

源太夫の次男、源次郎が腹をこわしたためだ。子供にはよくある腹下しだが、念のためよく効くと評判の丸薬を買い求めた。

店を出ていくらも歩かぬうちに汗が吹き出した。歩きながら、懐紙で額やうなじの汗をおさえる。熱気のせいで裾《すそ》さばきも重い。歩みは自然のろくなる。

幽霊坂に差しかかったところで足を止めた。

幽霊坂は下雑司《したぞうし》ケ谷《や》の大通りから鬼子母神《きしもじん》の方角へ斜めによぎる道だ。御鷹《たか》部屋御用屋敷や清龍寺、雑司ケ谷町、清土《せいど》村などへ行く近道でもある。

坂の西側には本住寺の竹垣がつづき、東側には中小の武家屋敷が並んでいる。左右の敷地に植えられた松や欅《けやき》、銀杏《いちょう》などの大木が、二間ほどの狭い道に覆《おお》いかぶさるように枝を広げ、日中でもほの暗い。おまけに竹垣の内側は墓地だ。木の間から苔《こけ》むした墓石がのぞくさまはいかにももの寂しく、お化けが迷い出そうな道である。

竹垣越しに、満開の花をつけた合歓《ねむ》の木が見えた。

合歓の花は日暮れに咲く。花は小さいが糸状のおしべが四方に広がって、紅の小鳥が羽を広げたように見える。近所に合歓の木がないこともあり、満開の花を目にする機会はめったになかった。

珠世は坂をぬけた先の御鳥見役組屋敷で生まれ育ち、婿《むこ》を迎えた。近辺の景色なら、どこから見る夕陽がきれいで、どこで見る月が美しいか、どこの家の庭木がいつ花を咲かせるか、さらにはどの家の板塀のどのへんが壊れているかまで、たいがいは諳《そら》じている。

そういえば、あの木は和尚《おしょう》さまが――。

三年前、幽霊坂の武家屋敷が火事を出した。両隣に燃え移る前に食い止めたので被害は一軒で止まり、大火には至らなかったが、寺の木々のなかの何本かは炎にあおられ、それがもとで枯れてしまった。

合歓の木は、枯れた槙《まき》の代わりに植えられた。その木が根づいて、見事な花を咲かせるまでになったのである。

珠世はえくぼを浮かべた。歩き出そうとしたとき、

「もし……」

と、女の声がした。

青白い顔をした女が道端にたたずみ、珠世を見つめている。

いつからそこにいるのか。白地の浴衣《ゆかた》に黒繻子《くろじゅす》の帯という近頃流行《はやり》の取り合わせ、髪は地味な島田に結って、素足に下駄を履いている。年齢は二十歳そこそこか。楚々《そそ》とした目鼻だちの女だ。坂を歩いて来たにしては涼しげで、額にも首筋にも汗は見えない。

「なんぞ、おっしゃいましたか」

珠世は問い返した。

女は途方にくれているようだった。せわしなくあたりを見まわし、珠世の顔に視線を戻して、

「知り合いの家を探しているのですが……」

と、消え入りそうな声でつぶやいた。

「なんという家ですか」

「松原……松原市之助さまの家にございます」

「松原さま？」

珠世は眉《まゆ》を寄せた。「あっ」と目をみはる。

「松原さまのお宅でしたら……」

火事で焼けた家だ。だが当主は市之助ではない。鉄次郎である。

それにしても奇妙な偶然だった。合歓の花を見て火事を思い出した。すると女があらわれ、火事に遭った家の名を訊《たず》ねた。

珠世は胸のざわめきを隠して、

「わたくしが存じておりますのは、松原鉄次郎さまのお宅です。松原さまの家はすぐそこにありましたが、三年前、火事で焼けてしまいました。焼け跡に新たな家が建ち、今は田中さまというお方がお住まいにございます」

話しながら二、三歩あるき、田中家の門前で立ち止まる。

二百坪ほどの屋敷で、周囲の家に比べると建物も板塀も新しかった。その家の前だけ木の枝の屋根がとぎれ、夕暮れの空が見晴らせる。

女はもとの位置に立ったまま、屋敷を眺めていた。憑《つ》かれたようなまなざしは、目の前の家ではなく、かつてそこにあった家の幻影をたどっているかのようだ。

「松原さまについてお訊ねになりたいのでしたら、この裏手に永山惣右衛門《そうえもん》さまのお屋敷がございます。松原さまと同じ賄《まかな》い方を務め、ご昵懇《じっこん》でいらしたとか。訪ねてみてはいかがですか」

珠世が言うと、女は怯《おび》えたようにあとずさりをした。

礼を述べるでもなく、踵《きびす》を返すでもなく、思いつめた顔でなおも家を眺めている。女は知人の家を探していると言った。近隣の者ではない。それにしては手荷物もなく、旅ごしらえもしていない。素足に下駄というのも妙といえば妙である。

なにか事情があるのだろうと、珠世は思った。

「それとも、こちらのお寺の和尚さまに訊ねてごらんなさい。火事の際、逃げ遅れた下僕と女中が炎に巻かれて亡《な》くなりました。寺の墓所にお二人の墓があると聞きますから、その後のこともご存じかもしれません」

女は珠世を見た。

「下僕……」

眉をひそめ、なにか懸命に思い出そうとしている。

「厨《くりや》から火が出たそうです。竈《かまど》の火の不始末でしょう」

「松原家のご家人は皆、ご無事でしたのですか」

「さように聞いております」

「災難に遭うたは下僕と女中だけだと？　他には誰一人怪我《けが》もなく？」

「ええ、たしかそのように……。なれど火を出した不注意を咎《とが》められ、ご当主はお役を解かれたとやら。逃げるように立ち退《の》かれたそうにございます」

言ったとたん、珠世ははっと息を呑《の》んだ。女が笑ったように見えたのである。してやったりとでも言いたげな勝ち誇った笑い――。

一瞬ののちには笑いは消え、女は途方に暮れた顔に戻っていた。あたりは薄暗い。見まちがえたのだろうと思いなおし、珠世は軽く会釈《えしやく》をした。

立ち去ろうとすると、女が珠世の袖《そで》を引いた。

「もしや、松原家の方々がどこにおられるか、お聞き及びではございませんか」

くぐもった声で訊ねる。

女の指が袖にふれたとき、珠世は冷たい手で背中をなでられたような気がした。

「さあ……」珠世は狼狽《ろうばい》した。「遠方へ行かれたようにうかがいましたが……。そのことでしたら、やはり永山さまにお訊ねになるほうがたしかですよ」

女は思案しているようだった。

「うかごうてはいただけませんか」

すがりつくように言う。声音とは裏腹に、双眸《そうぼう》に有無を言わせぬ光があった。

「わたくしが、永山さまに訊ねるのですか」

「ご迷惑とは存じますが、松原市之助さまがいずこにおられるか、それだけでも」

「市之助さまとは？」

「ご当主の甥御《おいご》さまにございます」

女は両手を合わせた。

頼まれて嫌とは言えない。我が家は目と鼻の先、少しくらい帰りが遅れてもどうということはなかった。夕餉《ゆうげ》の支度なら、多津《たづ》と君江がとうにはじめているはずだ。

「わかりました。うかごうて参りましょう」

門前まで一緒にいらっしゃいとうながしたものの、女は首を横に振っただけで、動こうとしなかった。

珠世は路地へ曲がり込み、永山家の門をくぐった。

惣右衛門は運よく在宅していた。御鳥見役組屋敷に住む矢島伴之助《ばんのすけ》の妻だと名乗ると、快く松原家の近況を教えてくれた。

急ぎ足で幽霊坂へ戻る。

女はいなかった。

先刻女が立っていた真後ろに合歓の木があった。

葉が二枚ずつ閉じ合わさり、枝を垂れているさまは、眠っているようにも、合掌しているようにも見える。

夕闇《ゆうやみ》の空に迷い出た花だけが、人魂《ひとだま》さながら妖《あや》しくゆれていた。

二

「では市之助さまとやらは、雑司ケ谷に住んでおられるのですか」

小皿に菜を取り分けながら、多津が聞き返した。

矢島家の厨は夕餉の匂《にお》いに満ちている。せわしげに働く珠世、多津、君江のまわりで、源太夫の五人の子供たちが、餌《え》を待つ雛《ひな》のごとく集い群れていた。

「つまみ食いをすると、また腹を下しますよ」

芋の煮物に手をのばそうとした源次郎を軽くにらんで、珠世は多津に視線を戻した。

「火事のあと、千駄ケ谷の親類の家へ身を寄せていたそうです。鉄次郎どのは隠居され、甥御の市之助どのが松原家の家督を継ぐことになったそうで、この春、戻って来られたとか。そもそも松原家はご子息が早世されて跡継ぎがなく、それで市之助さまをご養子に迎えるつもりで、家に置いておられたと申します」

「婿養子というわけですね」

椀《わん》にみそ汁をそそぎながら、君江が言った。

秋がひとつひとつ蓋《ふた》をのせ、里が慎重に膳《ぜん》まで運ぶ。

「いえ」珠世は櫃《ひつ》に飯を移しながら、「娘もいるにはいたそうですが、すでに嫁いで子もあるとか。正式に養子縁組が成ったのちは、遠縁の娘御を嫁に迎えることになっていたそうですよ」

「それなら夫婦養子ですね」

「さようです」

「めおとようし、ってなあに？」

秋が口をはさんだ。

「夫婦がそろって他人《よそ》さまの家へ入り、その家の跡継ぎになることですよ」

君江が教えてやる。

秋は鼻にしわを寄せて考え、

「だったら、あたしたちはおやこようし？」

まじめくさった顔で訊ねた。

君江と多津は思わず吹き出した。

「ちがいますよ。だってあなたたちは、矢島家の子になったわけではないでしょう」

「そうですよ。ただの居候《いそうろう》。源太夫どのも、このわたくしも」

わかったようなわからぬような、子供たちは顔を見合せている。

珠世も笑いながら、「さ、運びましょう」と飯櫃を抱え上げた。

「それにしてもあの女人《にょにん》、どこへ消えてしまったのか」

暑さとは無縁の青白い顔、妖光を放つ双眸、それにあの、一瞬女の顔をよぎった不気味な笑いを思い出すと、背筋がぞくりとした。

「幽霊ではありませんか」

「墓所から迷い出てきたのです」

珠世の心を読んだように、君江と多津が口々に言う。

「まさか。幽霊などいるものですか」

子供たちの前である。笑い飛ばそうとしたものの——。

珠世の笑顔も心なしかひきつっていた。

鷹は、生きた獲物を好む。

嘘《うそ》だと思うなら、死んだ雀と生きた雀を同時に投げ与えてみるがいい。迷わず、生きた雀に飛びかかる。

非情とは食うことではない。苛《さいな》むことだ。

獲物の怯《おび》えに食指が動き、死にものぐるいの抵抗が食欲を増進させる。

「食が進まぬようですね」

久太郎ははっと顔を上げた。

母が見つめている。

「さようなことはありませんが……今日は多忙で昼飯が遅くなりました。まだ、腹が空かぬのです」

母の目を見ずに答えた。気をとりなおして飯を口に運ぶ。

と、そのとき、源太夫がばりばりと小魚を嚙《か》み砕いた。

血の匂《にお》い、飛び散る羽、不気味な静寂……一瞬にして、茶の間は御鷹部屋になった。

久太郎は箸《はし》を置いた。

「調べものがあるのを忘れていました。お先に失礼いたします」

祖父の久右衛門と弟の久之助の射るような視線を背に受けながら席を立つ。

自室へ戻り、畳に仰向けになった。

鷹の爪《つめ》が胸に食い込んでいる。

今朝方、久太郎は御鳥見役組頭・内藤孫左衛門《まござえもん》に呼ばれた。

内藤は、頑健な体には不釣り合いな、間のびした顔の男である。目も鼻も口もちまちまして、喜怒哀楽に乏しい。

「御鷹場の様子はどうじゃ」

まずは慣例に則《のっと》って訊ねた。

「いずこもつつがのう勤めております る」

久太郎も型どおりに応じる。

内藤は片手でつるりと顎《あご》をなでた。

「実はの、その方に知らせおくことがある」

言いかけたまま逡巡《しゅんじゅん》している。しばらくして、やおら身を乗り出した。

「そなたの父、矢島伴之助だが、消息が知れぬ」

久太郎は息を呑んだ。

内藤の話によると、伴之助は沼津藩へ入ったのちも、繋《つな》ぎ役の男を通して、内藤に報告を送り届けていた。それがここひと月、連絡が途絶えているという。

「父に、なんぞ連絡できぬ訳が生じた、ということですか」

「わからぬ」

「わからぬとは？」

「繋ぎ役の男の骸《むくろ》が見つかった」

内藤の話はそこまでだった。いつどこで、なぜ、繋ぎ役は死んだのか。説明はなし。どうすればよいのか、なにか手を打ったのか。それについても無言。つまりは、最悪の事態に備えて肚《はら》を据えておけ、ということらしい。

久太郎は呆然《ぼうぜん》と上役の部屋を辞した。御鷹部屋をのぞいて鷹匠に挨拶《あいさつ》をし、餌となる雀の数を確認したあと、日誌をつけていつもどおり帰宅した。

だれにも言えぬ。とりわけ母上には——。

天井をにらんでつぶやく。

なにかあったのではないかと、母は訝《いぶか》っている。だが、問いただしはすまい。母はそういう人だ。わずかでも不安な顔を見せれば、家族全員が動揺する。それがわかっているから平然としている。

久太郎は目を閉じ、唇を嚙みしめた。

父上。どうかご無事でおられますように——。

だれよりも母のために、久太郎は祈った。

三

「今、なんと？」

　君江は耳をそばだてた。

「美智代さまの姉上さまのことですが……」

「ああ、そのことなら」茜《あかね》はうなずいた。「明後日、祝言《しゅうげん》をお挙げになるのですって」

「お相手のお名はご存知ですか」

「松原さま。ええと……そうそう、松原市之助さま」

　運針を走らせながら、君江と茜はひそひそ話をしている。

　月に二、三度、組屋敷内の娘たちは集まってお針の稽古《けいこ》をしていた。もっともお針は口実で、嫁入り前の娘たちの恰好《かっこう》の社交場になっている。

　君江と茜は幼なじみだった。二人の会話に出てきた川井美智代は御鳥見役の娘ではない。組屋敷内に叔母が住んでいるので、ときおり仲間に加わる。

　姉の婚礼が近いせいか、美智代はこの日、欠席していた。

「美智代さまの姉上さまは、お幾つになられるのですか」

美智代は君江や茜よりひとつ年上の十八だ。その姉なら十九か二十歳か、もっと上か、いずれにせよ晩婚である。

「二十一とうかがいましたが……」茜はひと膝《ひざ》にじり寄った。「ほら。例の事件がありましたでしょ。それでこれまで延び延びになっていたそうですよ」

「例の事件？」

君江が問い返すと、茜は一段と声を落として、

「三年前、松原家が火事で焼けたのはご存じでしょう」

「幽霊坂の……」

「ええ。美智代さまのお姉さまは佐代さまとおっしゃるのですが、当時、松原家との縁組が決まっておられたそうです。それがあんなことになってしまって、一旦《いったん》、話は流れたのですが……」

君江も茜もすっかり手のほうは留守になっている。

「佐代さまはあきらめきれず……。というのは、佐代さまと市之助さまはすでに……」茜は意味ありげに目くばせをした。「火事のあともお二人の仲はひそかにつづいていたそうです。それで、佐代さまのお父上のお働きもあって市之助さまに松原家の家督が許され、このたびめでたく祝言の運びとなったのですって」

娘が市之助とわりない仲になっていると知り、佐代の両親は他家へ嫁がせるのを断念した。川井家は小普請《こぶしん》組組頭を務め、内所も豊かだと聞く。松原家再興のために奔走して、娘の恋を成就させてやった。

「市之助さまとはどのようなお方なのでしょう」

祝言も挙げない内から許嫁《いいなずけ》とねんごろになった。そればかりか、なんとしても添い遂げたいと言わせるほど夢中にさせた男だ。にわかに好奇心がわきあがる。

君江が訊《たず》ねると、茜はふっくらした頰をぽっと赤らめ、

「それはもう、たいそうな男ぶりだそうですよ。役者のような優男《やさおとこ》ではないけれど、どことなく影があって、じいっと見つめられただけでくらりとするような……」

でもねえ、と、茜は言い足した。

「ちらりと耳にしたところでは、女癖がわるいと評判があるそうです。色街になじんだ女がいるとかいないとか。それ以外にも女の噂《うわさ》が絶えないそうで……。松原家にいた頃にも手を出した女がいたとやら、お子を孕《はら》ませたと聞きました」

「まあ……」君江は耳たぶを真っ赤に染めた。「佐代さまはそのことをご存じないのですか」

「どうでしょう。恋に目が眩《くら》んでそこまで見えぬのか、それとも、もはやのっぴきな

らぬ仲になってしまったので、噂には目をつぶることにしたのか」

君江は吐息をもらした。

契《ちぎ》ってしまったあとで、女癖のわるさが露顕する。しかも、他の女を孕ませていたとわかったら、どんな気持ちがするだろう。

菅沼隼人《はやと》の顔を思い浮かべた。

隼人さまにかぎって、そのようなふしだらなお人ではない——。

君江は虚空《こくう》をにらんだ。だいいち自分なら、祝言を挙げる前に契りを交わすなど断じてありえない。

いやだわ、わたしったら……なにをばかなことを。

はっと我に返った。隼人の面影を追い払う。隼人とは、夫婦約束どころか、まだ互いの気持ちをたしかめ合ったことさえないのだ。「契りを交わす」などと考えた自分が恥ずかしい。頰がほてり、胸が波立っている。

尻《しり》をもぞもぞ動かしたとき、

「おや、ずいぶん曲がりましたね。解《ほど》いてやりなおしたほうがよいでしょう」

耳元で師匠の声がした。

君江は縫いかけの着物を取り落とした。

「無駄話をしていては、いつまで経《た》っても仕上がりませんよ」

じろりとにらまれ、ふるえる指で着物を拾い上げる。

真っ赤になって、縫い目を解きはじめた。

お針の帰り、君江は師匠から、仕立て上がりの着物を某家へ届けるようにと頼まれた。届け先は組屋敷から東南へ半里ほど行った武家屋敷町にある。広大な矢場の裏手で、美智代の家のすぐ近くだ。

ちょうどよい。川井家へ立ち寄って祝いを述べて行こうと、君江は思い立った。市之助に惚《ほ》れ込み、三年がかりで恋を実らせた佐代──敢然と恋を貫いた女への憧憬《どうけい》と羨望《せんぼう》に胸をはずませている。運がよければ、佐代に逢《あ》えるかもしれない。

早々と用事を済ませた。矢場の脇道《わきみち》を通って、川井家のある路地へ曲がろうとしたときだった。一組の男女がもつれ合うように路地から出て来た。

女は、紅絹《もみ》の裏襟《うらえり》をつけた白地の浴衣《ゆかた》をわざと襟を裏返して着ている。近年、派手好みの女たちの間で流行している着方である。足元からも緋色《ひいろ》の二布《ふたの》がのぞいていた。髪は櫛巻《くしま》き。見るからに婀娜《あだ》っぽい女だが、頬が紅潮し、目がつり上がって、夜叉《やしゃ》のような形相である。

男は上背があり、すらりとしていた。細面で色浅黒く、目鼻だちには一点の非もない。とりわけ切れ長の双眸《そうぼう》が、男ながら艶《つや》っぽかった。

男は女の腕をつかんで引きずっている。女は男の腕をもぎ放そうと抗《あらが》っていた。

君江はとっさに、道端に身を寄せた。

「放しとくれよ。取り澄ましたお嬢さまに教えてやるんだ。松原市之助という侍がどんな男か」

女はかなきり声でわめきたてている。

「待て。待てと言うのがわからぬのか」

男はうわずった声で女をなだめようとしていた。

「家督を継ぐためにはやむをえぬ仕儀。そのことは、おまえも承知したではないか」

二人は自分たちのことしか眼中にないようだった。君江には目もくれない。

「なにさ。あたいだけだと言ったくせに」

女は男の手を振り払い、路地へ駆け込もうとした。

男は女の前に立ちふさがる。

「おまえだけだ。何度言ったらわかるのだ」

「へん、口先だけじゃあないか。いいかい。あたいがどれだけ、おまえさまのために銭を使ったと思ってるのさ。祝言とは聞いてあきれる。ぶちこわしてやるからね」

おどきよ、と、女は男の脇《わき》をすりぬけようとした。

男は強引に女を抱き寄せ、「頼む。聞いてくれ」と哀願した。

「銭がなけりゃあなにもできん。家名がなければ素浪人だ」

「だから、あたいを捨てるのかい」

女は顔を背《そむ》けた。

「捨てはせぬ。祝言さえ挙げればこっちのものだ」

男は片手で女の顎《あご》を持ち上げた。憂いを帯びたまなざしで、女の眸《ひとみ》をのぞき込む。

「女房などただの飾り物さ。おれが心底、惚れているのはおまえだけだ」

もう一方の手で女の背をなで、尻《しり》をなでる。

女はぴくりと身をふるわせた。

「市さま……」

「よいな、今宵《こよい》……」

蛇に見入られた蛙《かえる》さながら、女は吐息まじりにうなずいた。

「さ、行け」

女を先に行かせ、あとを見届けるためだろう、少し離れて男も歩き出す。

遠ざかってゆく二人の後ろ姿を、君江は呆然《ぼうぜん》と見送った。

では、あれが市之助か。それにしてもなんという男だろう！

祝いを述べる気は失《う》せていた。引き返そうかと思ったが、川井家はもう目の前だ。たった今、目にしたことを美智代に話すべきか否《いな》か、迷いつつ路地へ曲がり込む。

川井家は以前一度、茜と一緒に訪ねたことがあった。組頭の家だけあって敷地も広く、構えも立派だ。門をくぐると、玄関まで敷石がつづいていた。

玄関のすぐ前まで来たときだ。

「姉上さまっ。お待ちくださいい」

家のなかから美智代の声が聞こえた。

同時に、藍縮《あいちぢみ》の小袖《こそで》に鯨帯をしめた女が飛び出して来た。あわやぶつかりそうになる。女は君江を見て身をよけ、軽く会釈《えしゃく》をした。目鼻のくっきりした顔はいかにも気位が高そうに見える。が、今はその顔が見る影もなくしおたれていた。大きな目に涙があふれている。

ほんの一瞬足を止めただけで、女はあわただしく駆け去った。

困惑して突っ立っていると、再び後ろからどんと人がぶつかった。

「君江さま……」

美智代だ。頰を上気させ、息をあえがせている。

君江は動転した。

「あのう……ちょうど近くへ参る用がありましたので、お祝いを……」

言いかけて、言葉を吞《の》み込んだ。

美智代の顔はいつもとは別人のようにこわばっている。

「わざわざすみません」

上の空で謝って、君江の肩越しに門の外を眺めやった。

「今、姉上さまが……」

「そうなのです。さきほど見知らぬ女人《にょにん》が姉に逢いに参りました。しばらく話し込んで帰って行ったのですが……それから、姉の様子がおかしくなって……」

「見知らぬ女人？」

「武家の女ではありません。白地の浴衣に黒繻子《くろじゅす》の帯をしめ、地味な島田に結った……」

路地の入口で市之助ともみ合っていた女だ。はじめはそう思った。が、あの女は髪を櫛巻きにしていた。それにそう、あのときの口ぶりからも、まだ佐代には逢っていないようだった。

「その女人に、なんぞ言われたのですね」

君江が訊ねると、美智代は眉《まゆ》をひそめた。

「……だと、思います。そんな事情ですので、今日のところはお引き取りくださいませんか。落ちつきましたらあらためて」

ごめんなされませと謝って、美智代も姉のあとを追って駆け出す。

君江はひとり取り残された。

だれにせよ、佐代を訪ねて来たのは、市之助とかかわりのある女にちがいない。女の打ち明け話に、佐代は衝撃を受けた。飛び出して行ったのは、市之助に真偽を問いただそうというのだろう。

佐代の心情が哀れだった。といって、これ以上、他家の内輪もめに首を突っ込むわけにもいかない。

君江は重い足取りで川井家をあとにした。

空は青々と冴《さ》え渡って一点の雲もない。この空の下で、しかも閑静な武家屋敷町で生臭い男女の修羅場がくり広げられようとは……。たったいま目にした光景が、現実のものとは思えなかった。

四

深夜、珠世は目を覚ました。

寝汗をかいているのに体がぞくぞくする。

どこからか赤子の泣き声が聞こえていた。

矢島家に赤子はいない。もしや源太夫の子供たちのだれかが泣いているのではないか。源次郎は昨日腹下しをした。それなのに今日はもう旺盛《おうせい》な食欲で、珠世をあきれさせた。いい気になって食べすぎ、またもや腹痛を起こしたのかもしれない。

珠世は寝床をぬけだした。音を立てないように襖《ふすま》を開け、忍び足で廊下へ出る。

納戸《なんど》は静まり返っていた。源太夫の鼾《いびき》も子供たちの寝言も聞こえない。

泣き声はまだかすかにつづいていた。

珠世は納戸の前を通り過ぎ、茶の間へつづく廊下へ出た。

廊下の雨戸は開け放たれている。蒸し暑さに堪えきれず、源太夫父子のだれかが開けてしまったのだろう。不用心だが、狭い納戸に親子六人がくっつき合って眠る寝苦しさを思えば、文句は言えなかった。泥棒が入ったところでたいして取るものはない。

見て見ぬふりをして茶の間へ向かう。茶の間の前まで来てなにげなく庭に目をやった。

刹那《せつな》、珠世は凍りついた。

庭の一隅に合歓《ねむ》の花が咲き群れていた。花の下に人が立っている。淡い月光に照らされ、ほの白い姿がぼうっと浮き上がっていた。白地の浴衣、黒繻子の帯、素足に下駄を履いたその女は——。

目の前が暗くなったとき、背後で耳をつんざくような悲鳴が聞こえた。

ぎょっと振り向く。

茶の間の真ん中で、君江が棒立ちになっていた。青ざめた顔で庭を凝視している。

「君江。しっかりなさい」

珠世は駆け寄って娘を抱きしめた。

「どうしたのです」

「手水《ちょうず》に行こうと通りかかったら、あそこに……」

君江の視線を追いかけ、珠世は庭へ視線を戻した。

合歓の花も女も消えている。

と、そこへ、悲鳴を聞きつけた家人がぞろぞろと起きて来た。平然と眠っているのは子供たちだけだ。一旦《いったん》眠れば空が落ちても目覚めぬと豪語している源太夫までが、寝ぼけ眼でなにごとかと訊《たず》ねる。

「なんでもありません。庭木を幽霊と見まちがえたのでしょう」

珠世はその場をとりつくろった。

「さ、おやすみなさい」

うながしたものの、だれ一人動こうとしない。

「なにがあったのだ？」

「なにを見たのですか」

口々に訊ねる。

「佐代さまを、見たのです」

君江は放心した顔で応《こた》えた。

珠世は目をみはって、

「佐代さまとは？」

と、訊《き》き返した。

君江は昼間の出来事を話した。

「たしかにあれは佐代さまでした。藍縮の小袖に鯨帯をしめ……くっきりした目鼻だちのあの顔は、昼間見た通りの佐代さまです」

　珠世はけげんな顔になった。

「わたくしには、そうは見えませんでしたよ。青白い寂しげな顔。白地の浴衣に黒繻子の帯。髪は小ぶりの島田に結い、素足に下駄を履いて……」

「母上がご覧になられたのは？」

「まちがいありません。幽霊坂で逢った女」

　一同は顔を見合わせた。言葉を失っている。

　母と娘が同時に、同じ場所で人影を見た。ところが、二人が見たのは別の女だった。これほど不思議な話があろうか。

　重苦しい沈黙が流れた。

　真先に口を開いたのは久之助である。

「よくよく考えれば、まんざらおかしくはありません。母上は幽霊坂で出会った女が気にかかっておられた。君江は君江で、昼間の出来事が頭にこびりついていた。それぞれ頭のなかにある幻を見たのではありませんか」

「わたくしもその通りだと思います」

　救われたような顔で、多津も言葉を添えた。「幽霊とは心が見るもの。怯《おび》えたり気にかけたりしているときに見えるのです」

源太夫は「ううむ」とうなった。

「二人が見たということは本物の幽霊やもしれぬぞ。歌舞伎の早替りよろしく、『今をも知れぬこの岩《いわ》が……祝言するはこれ眼前《がんぜん》……エヽ恨めしや』とかなんとか」

「源太夫どの」

多津ににらまれ、源太夫は首をすくめる。

「心が見るというのはまことかもしれませんが……」珠世は眉をひそめた。「幽霊坂で逢った女は、松原市之助どのの消息を知りたがっていました。佐代さまとやらは、市之助どのの許嫁《いいなずけ》。偶然にしては妙ではありませんか。なんぞ由々しいことが起こらねばよいのですが……」

すでに丑《うし》の刻（午前二時頃）をまわっている。丸一日たてば、市之助と佐代の婚礼の朝だ。だが、花嫁が血相を変えて飛び出して行ったというなら、このまま無事、祝言が済むとは思えない。

「道場の帰りに、三人で川井家をのぞいてみよう」

久之助は多津に提案した。三人とは、久之助、多津、そして菅沼隼人である。

「よし。拙者も子供らを連れて行ってみる」

源太夫も勢いこんで言った。

「子供らですって？　とんでもない」

「よせよせ。幽霊に出会うたらなんとする？」

一同が口々に反論したものの、源太夫は取り合わなかった。

「望むところだ。一度でいいからお化けを見たいと騒いでおるのだ。心配無用。あやつらにかかっては幽霊もカタなし。尻尾《しっぽ》を巻いて逃げ出すに相違ない」

なるほど、源太夫の子供たちなら、幽霊などものともしないだろう。怖がるどころか、大喜びではしゃぎ、しつこくつきまとって、幽霊は意気消沈。二度と化けて出るものかとすごすご彼岸へ帰ってゆくにちがいない。

「そうですとも。ぜひとも見せておやりなさい」

珠世は思わず笑い声をあげた。怯えていてもどうにもならない。どうにもならないことを思い煩《わずら》うのは、性分ではなかった。いつもの珠世に戻っている。

一同がつられて笑ったところで、その夜はお開きとなった。各々《おのおの》部屋へ引き上げる。

珠世も自室へ戻って床に就いた。

矢島家には再び平穏な眠りが訪れたのだが——。

同じ頃、幽霊坂では、血も凍る惨劇が幕を開けようとしていた。

五

佐代は合歓《ねむ》の木に寄りかかっていた。

市之助は片手を幹にあて、もう一方の手を佐代の腰にまわして、覆《おお》いかぶさるように許嫁の眸《ひとみ》をのぞき込んでいる。

「どうだ？　これで疑いは晴れたはずだ。なにごともなかった。ゆえに見よ、ここにおっても拙者、怖くもなんともない。こうしてそなたを抱いている」

市之助の顔をうっとりと見上げ、佐代は熱い吐息をもらした。

「なればやはり、あの女人の言ったことは……」

「出まかせに決まっておろうが。拙者はあの頃よりそなたに首ったけだったのだ。女中なんぞ、相手にするものか」

「稚児《ややこ》がおったというのも？」

「ばかばかしい。だれがさようなことを申したのだ」

市之助は舌打ちをした。

「さ、もうよかろう。祝言が済めば共に暮らせる。今宵は帰って寝《やす》むがいい」

市之助は身を離そうとした。すると佐代は、離すまいと体を寄せた。

「どうした？　まだなにかあるのか」

「いいえ。もう少し……。もっと強く抱いてくださいまし」

せがむように腰をゆする。

真夜中の墓地だ。他に人はいない。市之助は佐代の体を抱え込み、身をかがめて唇を吸おうとした。

と、そのときだった。佐代の双眸に妖《あや》しい光が流れた。唇が合わさると同時に細い指が伸び、市之助の腰から脇差《わきざし》を引き抜く。

佐代の顔に陶然とした笑みが浮かんだ。

闇に浮かぶ花のように、白い手がしなやかに動く。

最初の一突きは、あやまたず、市之助の脇腹をえぐった。

市之助ははじめ、なにが起こったかわからなかった。目をみはり、体を硬直させる。

佐代は、女とは思えぬ力で素早く脇差を抜き取り、するりと市之助の背後にまわった。

市之助は片手を脇腹にあて、吹き出した血飛沫《ちしぶき》にふれてようやく事態を悟った。

「な、なんの真似《まね》だ？」

振り向こうとしたとき、二度目の突きがきた。焼けるような背中の痛みに、思わずよろける。片膝《ひざ》をついて背後を見上げ、市之助は蒼白《そうはく》になった。

「お、お、おまえは……おすみ……」

脇差を振りかざし、悪鬼のような形相で見下ろしている女は、佐代ではなかった。三年前、市之助が手にかけた女中、おすみだ。少なくとも、市之助の目にはそう見えた。

「忘れたとは言わせないよ。おまえはあたしばかりか、腹の子までむざむざと殺した」

「か、堪忍《かんにん》してくれ。あのときはああするよりしかたがなかったんだ」

「しかたがないだって？」

「わ、わ、わるかった。この通り……」

「おまえはあたしの首をしめて、厨の床下に埋めようとしたね。あたしは力をふりしぼって、竈の火をかき散らした。焼け死ねばいいと思ったのに……しぶとく生き延びた。生き延びたばかりか平然と舞い戻った。おまけに明日は祝言を挙げるそうな」

おすみは凄艶《せいえん》な笑いを浮かべた。

「そう、うまくいくもんか」

脇差が振り下ろされた。市之助は悲鳴を上げた。間一髪で身をよける。おすみは声をたてて笑った。いちどきに殺すより、なぶり殺しにするほうがおもしろい。自分が味わったと同じ苦痛を味わわせてやるつもりだった。

市之助は脇差で腕を払われ、足を突かれ、体じゅうから血をしたたらせながら、二人が忍び込んだ竹垣の壊れ目に取りつく。幽霊坂へ這《は》い出た瞬間、首に激痛が走った。断末魔の痙攣《けいれん》が途絶え、市之助の体が微動だにしなくなると、女の手から脇差がすべり落ちた。生ぬるい風が乱れ髪をそよがせる。

佐代は、放心した顔で、市之助の骸《むくろ》を見下ろした。

昔から薄々感じていた。遅かれ早かれこうなることはわかっていたような気がする。他の女と、ましてや女中や商売女と市之助を共有するなど断じて許せなかった。これでいいと、佐代は思った。唇に淡い微笑を浮かべ、ふらふらと歩きはじめる。

翌日も、うだるような暑さだった。

死体を見つけたのは、本住寺の小僧である。

水をまこうと門を出るなり、水桶《みずおけ》を放り投げて絶叫した。

竹垣のそばに人が倒れていた。遠目でもあり、まだ薄暗くもあり、おびただしい血にまみれていたせいもあって、老若男女いずれであるかは判断がつかなかった。

小僧が腰をぬかしているところへ数人の僧侶《そうりょ》が駆けつけた。

たちまち大騒ぎになった。

武家屋敷からも人が集まって来た。知らせを受けて目付配下の同心や代官所の役人もやって来た。その頃には、高田町、四家《よつや》町、雑司ケ谷町、その他、近隣の町や村からも野次馬が押し寄せ、幽霊坂は黒山の人だかりになっていた。

死体は本住寺へ運び込まれた。

このときはもう身元は知れていた。

市之助は三年前まで幽霊坂の武家屋敷、松原家に同居していた。顔見知りは大勢いる。一方、下手人に心当たりがある者は一人もいなかった。女に手が早く、噂《うわさ》にはこと欠かない男だが、かといって殺されるような理由は見当たらない。

辻斬《つじぎ》りの仕業だと、思えなくもなかった。が、奇妙なことに、凶器は市之助自身の脇差である。なぜ、自分の脇差で殺されたのか。

太刀を抜こうとした形跡がないのも妙だった。反撃もせず、突かれるままになっていたのか。辻褄《つじつま》の合わないことだらけだ。

「やはり、かようなことに……」

知らせを聞くや珠世は絶句した。不吉な予感が的中してしまったのである。

君江の驚愕《きようがく》もひと通りではなかった。

「あの日の女やもしれません。それとも、まさかとは思いますが、佐代さまが……」

「めったなことを言ってはなりません」

殺害の状況を聞いたかぎりでは、女が下手人とは思えなかった。女の力で頑健な男をめった突きにするなどできるはずがない。もしもなにかが――死霊か生霊が乗り移った、とでもいうなら話は別だが……。

「憶測はおやめなさい」

珠世は君江に釘《くぎ》を刺した。

その日のうちに、事態は急転した。

「川井佐代どのが亡《な》くなりました」

菅沼隼人が、経過を報告にやって来た。

「佐代さまが？」

君江は蒼白になった。

「やはり、だれぞに殺されたのか」

言葉を失っている妹に代わって、久之助が訊《たず》ねる。

「そうではありません。井戸へ飛び込んだのです。おそらく覚悟の上の自害でしょう」

これにはだれもが唖然《あぜん》とした。

「書き置きが見つかったのですか」

多津に訊《き》かれ、隼人は「いや」と首を振る。

「なにゆえ佐代どのが、自害しなければならぬのでしょう？　待ちに待った婚礼の前日だというのに。もしや市之助どのの死を知って、あとを追おうとされたのでしょうか」

「たぶん、そうでしょう。でなければ命を絶つ理由が見つかりません」

「でも、市之助どのが殺されたと知っていたなら、だれにも知らせず、闇雲《やみくも》にあとを追うのは妙ではありませんか」

それについては、目付以下役人も皆、一様に首をかしげているという。

「市之助はめった突きにされていました。烈《はげ》しい怨《うら》みを持つ者でなければ、あのような殺し方はしません。そのへんの事情を、佐代どのはおそらく知っておったのでしょう。それで、すべてを秘したまま己の命を絶つことにした」

「お気の毒な佐代さま……」

涙ぐむ君江に、隼人は沈痛なまなざしを向ける。

事件は結局、うやむやになった。

「松原市之助は行きずりの暴漢により非業の死を遂げた。怨恨《えんこん》なし。下手人定かならず。川井佐代は許嫁のあとを追って自害」

〝佐代市之助幽霊坂無惨《むざん》〟とにぎにぎしく瓦版《かわらばん》が書き立てたのは、怨恨の線を追及してゆくと市之助の悪評に行き着き、娘にとばっちりが降りかかるのではないかと危惧《きぐ》した川井家の当主が、裏で手をまわして役人の口を封じたためだった。

幽霊坂の惨劇は江戸市中に広まった。婚礼を目前にして許嫁を失い、潔《いさぎよ》く殉死した娘の美しくも哀れな悲恋話は大いに持て囃《はや》され、巷《ちまた》の人々の紅涙をしぼった。

珠世だけはちがうことを考えていた。

幽霊坂で出会った女の、勝ち誇った笑い顔が目に浮かぶ。

市之助はあの女に殺されたのではないか。佐代の姿を借りたあの女に……。いや。佐代自身があの女を彼岸から呼び戻したのかもしれない。幽霊を招くものが、もし人の心だとするならば――。

江戸は相も変わらず、うだるような暑さがつづいている。

六

「ちがわい。こうやってかけるんだ」

「そんなこと、わかってらあ」

「ちがうってば。おまえはそこで見てろ」

「兄ちゃんこそ引っ込んでろよ」

「あ、なにする。よこせ」

「取れるもんなら取ってみろ。あっかんべえ、だ」

源太郎と源次郎が閼伽桶《あかおけ》と柄杓《ひしゃく》を取り合って騒いでいる。

「これこれ、ここは寺だぞ。喧嘩《けんか》はならぬ」

源太夫が二人の間へ割って入った。

この日、墓参りに行こうと言い出したのは珠世である。珠世は源太夫父子と多津を誘った。目的は別にあったが、源太夫を憎からず思いつつ、なお敵《かたき》としてのこだわりを抱きつづけている多津の心を、この機会に少しでもほぐしてやりたいという思いもあった。

「母《かか》さまのお墓にもね、命日のたびに、お花を持って行ったんだ」

「父《とと》さまったら、お墓とお話ししてえんえん泣くんだよ」

秋と里は多津にまとわりついている。

「おやまあ……」多津は苦笑した。「男のくせに、泣き虫の父さまだこと」

軽口を言ったものの、口許《くちもと》がこわばっている。源太夫と亡妻の睦《むつ》まじさを思いやって、我知らず、嫉妬《しっと》めいた感情がこみ上げたのである。

鈍感のように見えて、源太夫も多津の変化を見逃さなかった。

「それはちがう。拙者、さようなことは断じて……」

真っ赤になって弁明しようとしたときだ。膝元に閼伽桶の水が降り注いだ。源次郎の手から桶がすっ飛んだのである。

「やったな、こいつめ」

「あ、多津姉ちゃん、お線香の火が消えた」

「おまえのせいだ」

「なんだと。兄ちゃんのせいじゃないか」

「やるか、こいつ」

「おい。静かにせぬか」

閑散とした墓地で、矢島家の墓のある一画だけが姦《かしま》しい。

「相すみません。うるそうて」

珠世は和尚に頭を下げた。

二人は少し離れた木陰で立ち話をしている。

「いや、子供は腕白が一番。末たのもしいお子たちじゃ」

和尚は目を細めた。

「そうそう」と、声音を変える。「お訊ねの墓は、ほれ、そこの合歓の木の後ろにござります。火事のあと、墓を建てる銭だけはしぶしぶ届けて参りましたが、とうとう一度も供養《くよう》には来ませなんだ。下僕や女中など、松原家の者にとってはものの数にも入らぬのでしょう」

和尚の温顔に一瞬、烈しい怒気が流れた。

「せめて市之助どのだけでも、線香をあげに来るかと思うたが」

珠世は和尚の顔を見た。

「なにゆえですか」

「坊主が檀家《だんか》の秘密をもらすは由々しきことじゃが、もはや害を被る者《こうむ》はござらぬゆえ……」

言い訳をした上で、和尚は打ち明けた。

「女中は市之助の子を孕《はら》んでおりました」

「なれば、噂というはそのお女中の……」

「火のないところに煙は立ち申さず。松原家は寺の真向かい。俗事に疎《うと》い坊主にも目はある。耳もあります」

「なんとまあ……」

「女中はおすみと言いました。色白の目立たぬ娘でしての。市之助は松原家へ入るや、幾日も経《た》たぬ内におすみに手をつけたようです。川井家の娘御を嫁に迎える話が決まっておったというに、罪なことをしたものです。おすみは端で見ても気の毒なほど、市之助に夢中になっておりました。夕刻になるとよう、そこの坂に立って、市之助の帰りを待っておったものです」

珠世は、松原家のあった跡地を食い入るように眺めていた女の姿を思い出していた。

「火事の際おすみが身につけていたものは、着物も履物もみな焼けてしまったのですか」

「焼けてしまいました。が、体の下になっていたためでしょう、背中の部分がわずかに焼け残っておりました」

「それはどのような……」

息をつめて訊ねる。

「白地の浴衣《ゆかた》に……さよう、帯は黒じゃったか……。まあ、昨今めずらしくもない恰好《かっ》《こう》だが」

それだけ聞けば十分だった。

おすみが佐代に乗り移って、めった突きにして市之助を殺したのだとしたら、それは、男に棄《す》てられたためだけではないような気がする。おすみは腹の子もろとも、市之助に殺されたのではなかったか。

犯行を隠すために市之助が火をつけたとも考えられるし、もみあっているときにうっかり行灯《あんどん》を倒してしまったか、あるいは瀕死《ひんし》のおすみが故意に火事を出したとも考えられる。もしおすみの目論見だとしたら、肝心の市之助が無事生き延び、かかわりのない下僕が焼死したと知り、さぞや無念だったにちがいない。

最後にひとつだけ、珠世は訊ねた。

「火事の夜、市之助どのはどこにいたのですか」

「家におりました。ぐっすり眠っておったそうで。火事に気づいたときは手のつけようがなかったと申し立てたとか。そういえば手足に軽い火傷《やけど》を負っていたそうです」

二人は黙然と、合歓の木陰の粗末な墓を眺める。

源太郎と源次郎は、墓石の間を駆けめぐって追いかけっこをしていた。

多津は秋と里と手をつなぎ、合歓の梢《こずえ》を見上げている。

日中なので花は閉じていた。代わりに、行儀よく並んだ小さな葉がいっせいに両手を広げ、思う存分真夏の陽射《ひざ》しを浴びている。

「お内儀どの」

源太夫が空の閼伽桶を振り上げた。

「腹の減る時分じゃ。そろそろ引き上げようではござらぬか」

屈託のない笑顔は大きな子供のようだ。

珠世は両頰にえくぼを浮かべた。

「おじゃまをいたしました」

和尚に会釈《えしやく》をする。

それを見て、子供たちが我先に駆けて来た。

後ろからは源太夫と多津。つかず離れず、ぎこちない足取りで歩いて来る。二人の肩先をすいっとよぎって、糸蜻蛉《とんぼ》が青空に消えた。

第六話　忍びよる影

一

「おや、まあ」

竹箒《たけぼうき》を使う手を休め、珠世《たまよ》は蟬《せみ》の脱け殻を拾い上げた。

残暑が和らぎ、秋風がたちはじめたと思ったら、いつのまにか秋たけなわ。塀の高みか木の梢《こずえ》か、懸命にへばりついていた脱け殻が、主《あるじ》が死に絶えた今頃になって風に飛ばされ、道端へ転げ落ちた。

喧《やかま》しいほどの蟬時雨《しぐれ》はとうに消え、蟬の数を競い合っていた子供たちの関心もとっくに鈴虫や松虫に移っている。

「主のいない家……」

珠世はため息をもらした。

脱け殻を塀の上に置いたとき、人の気配がした。木綿羽織に野袴《のばかま》を穿《は》き、深編笠《ふかあみがさ》を携えた人品卑しからぬ初老の侍が、道の向こう側から珠世を見つめている。

「ここにて待て」

侍は従者に声をかけ、一歩進み出た。

「もしや、そこもとは矢島伴之助《ばんのすけ》どののお内儀にはござらぬか」

「さようにございますが……」

主どのになんぞあったのか。珠世はどきりとした。春先に密命を賜り沼津藩へ旅立った夫からは、半年の余になるのに音沙汰《おとさた》がない。

問い返そうとすると、

「なるほど、なるほど」

侍は相好をくずした。なにが「なるほど」なのか、いかめしい顔が一転して好々爺《こうこうや》の顔になる。

「いやなに。お内儀のお噂《うわさ》を、耳にたこができるほど聞かされておっての」

珠世の困惑顔を見て、侍はくつくつ笑った。

「わたくしの……噂？」

「どしゃぶりでも、お内儀のそばにおれば雨がかからぬ。冬も火桶《ひおけ》がいらぬ。年中笑いが絶えぬそうな。ほれほれ、ことにそのえくぼは絶品。まこと天女のごときお方じゃと……」

「どなたがさようなことを？」

「石塚源太夫どのにござる」

　珠世は吹き出した。

　源太夫は居候《いそうろう》である。針の先ほどの縁を頼って、昨秋、矢島家へ転がり込んだ。仕官の口が見つからないまま、いたずら盛りの子供たちを従えて、大きな顔で居すわっている。無邪気な子供たちも、子供以上に天真爛漫《らんまん》な源太夫も、今や矢島家の家族同然だった。

　それにしても、調子のよいのは相変わらずである。

「あなたさまは、源太夫どののお知り合いにございますか」

「おう、これは相すまぬ」侍は表情をあらためた。「申し遅れたが、拙者は松前藩にて物頭《ものがしら》を務める工藤伊三衛門《くどういざえもん》と申す。石塚どのはご在宅にござろうか」

「いえ……」

　源太夫は元小田原藩士である。松前藩に知人がいるとは初耳だった。

「お子たちを連れて、雀捕りに出かけておりますが」

「それは残念」工藤は眉根《まゆね》を寄せた。「して矢島久右衛門どのは？」

「父でしたら奥に……」

「なれば久右衛門どのに逢《お》うて参ろう。石塚どのの話では、矢島家のご隠居が後見人になっておられる由《よし》」

源太夫は勝手に転がり込んだのである。後見人もないものだと思ったが、

「お見苦しいところにございますが、どうぞお入りください。父を呼んで参ります」

珠世は工藤と従者を茶の間へ通した。

組屋敷の狭い家に、不在の夫を除いても、五人の家族と七人の居候がひしめいている。源太夫父子は納戸《なんど》住まい。今一人の居候、多津《たづ》は玄関脇《わき》の客間で寝起きしていた。客を通す場所といえば茶の間しかない。

「工藤伊三衛門どの、とな。ふむ。心当たりはないが……」

珠世が呼びに行くと、久右衛門はけげんな顔をした。肘枕《ひじまくら》でうたた寝をしていたらしい。右の頰に赤く手の跡がついている。

「源太夫どののお知り合いらしゅうございますよ」

「それにしても、松前藩の物頭が何用で参られたか」

羽織袴をつけ、茶の間へ出てゆく。

型通りの挨拶《あいさつ》を交わし合い、珠世が席を立とうとすると、

「あ、いや。お内儀もご同席いただきたい」

工藤は軽く頭を下げた。珠世が下座に腰を据えるのを待って、おっとりと口を開く。

「実は、石塚どのに仕官の話を持って参ったのじゃ」

珠世と久右衛門は顔を見合わせた。

源太夫が小田原藩を脱藩したのは、同藩の藩士で沢井流の始祖でもある多津の父と果し合いをして、相手を打ち負かしたためだ。源太夫は神道無念流《しんとうむねんりゅう》指南の腕を持っている。だが伝《つて》もなく、五人の幼子を抱えた三十男が新たな奉公先を得るのは、たやすいことではなかった。この一年、仕官の口を探して奔走しているが、いまだ実りはない。

「ご貴殿がどこぞへ口をきいてくださるのか」

「どこぞではのうて当藩にござる。我が家にてお身柄をお預かりした上で、折りを見て藩主に推挙つかまつる。少禄《しょうろく》ではあるが、藩士の列にお加えいたす所存」

「松前藩と申さば蝦夷《えぞ》……」

「渡島《おしま》半島にござる。小藩ながら、我が藩は大権現《だいごんげん》さまより蝦夷交易独占の黒印状を賜っておる」

工藤は自慢げに言い、一転して気弱な顔になった。

「なれど露国とのいざこざやらなにやら、このところ厄介な問題も抱えておっての、石塚どののごとき勇猛果敢な侍を求めておりますのじゃ」

「それにいたしましても、なにゆえ源太夫どのがお目に止まりましたのですか」

珠世は首をかしげた。

工藤は「それそれ」と相好をくずした。

「当藩の屋敷は蔵前と渋谷村にござる。それがしは渋谷村の下屋敷に住まいを拝領しておるのじゃが、ひと月ほど前じゃったか、ご家老が参られた際、所用で御鷹《たか》部屋御用屋敷へ案内つかまつった。その帰り、狼藉者《ろうぜきもの》に出会うたのじゃ。からまれて往生しておったところを石塚どのに救われた。情けない話だが、当家の郎党は腰抜けばかりにござっての、石塚どのがおらなんだら、大事になるところだった」

「さようにございましたか。ちっとも知りませんでした。なにも申されぬゆえ……」

「源太夫どのはの、奥ゆかしい。手前自慢はせぬ男じゃ」

久右衛門は誇らしげに膝《ひざ》を叩《たた》いた。実の息子を褒められたような顔である。

「いかがにござろう」工藤は威儀を正した。「ご承諾くだされようか」

「むろんにござる」

久右衛門は即座に応《こた》えた。

珠世は二人の顔を見比べた。願ってもない話だが、父のように手放しでは喜べない。

「源太夫どのが小田原藩を脱藩された訳は、ご存じにございましょうか」

「存じておる。沢井某《なにがし》とやらを討ち果したそうな。じゃが、果し合いを挑まれ、やむなく受けてたったと聞く。なれば石塚どのに落ち度はござらぬ。脱藩についても小田原藩に問い合わせたが、許可を得た上のことで、別段問題はないそうな」

珠世はほっと息をついた。

「今ひとつ……源太夫どのにはお子がおられますが、そのことは」

「五人とうかごうたが……」工藤は磊落《らいらく》に笑った。「お子は多いにかぎる。よき後妻を早速にもお世話いたそう」

そこまで了解済みなら、もはや言うことはない。あとは多津との問題だが、これについては、珠世は丸くおさめる自信があった。一年近く、同じ屋根の下で暮らして、憎からず思いはじめている男女である。今さら果し合いになるとは思えない。

「これ以上のお話はございません。源太夫どのもさぞやお喜びになられましょう」

多分に厚かましい面のある源太夫だが、長きにわたる居候生活で、内心、心苦しい思いをしていることはだれの目にも明らかだった。なにより浪人のままでは、子供たちの将来もおぼつかない。

「されば、後見人よりご内諾いただいたと、さよう思うてよろしゅうござるの」

「いかにも。源太夫どののことなら、このわしがだれよりもよく存じておる。ありがたくお受けいたすに相違ない」

くれぐれもよしなに——珠世と久右衛門は丁重に工藤を送り出した。

「かような幸運が舞い込むとはの、世のなか、捨てたものではないの」

「ほんに、源太夫どのの喜ぶお顔が見えるようです」

二人は笑みを交わし合う。

「それにしても、松前とは遠いのう」

「寂しゅうはなりますが、源太夫どののため、お子たちのためと思えばいたしかたありません」

望まれて仕官するのだ。遠いのなんのと贅沢《ぜいたく》を言ってはいられなかった。

一刻も早く吉報を伝えたい。

源太夫の帰りを待ちわび、二人は落ちつかない午後を過ごした。

二

多津は青ざめた顔で男を見つめていた。

すさんだ目許《めもと》。削《そ》げた頬。尖《とが》った顎《あご》。妙に紅《あか》く、すねたような曲線を描く唇。南波与五郎《なんばよごろう》。若く見えるが、三十半ばになっているはずだ。病的なまでに思い込みがはげしく、郷里にいた頃は奇矯な噂も聞こえていた。

たとえば、嘲笑《ちょうしょう》されたと思い込んで相手の男を一年余りも執拗《しつよう》に追いまわしてみたり、なめるように可愛《かわい》がっていた犬を突然斬《き》り捨ててしまったり、遊里の女に入れ込み腕ずくで攫《さら》ってきたり——この女は逃げ出したそうだが——といった噂である。

与五郎は小田原藩士、南波与左衛門の庶子で、多津の父に剣術指南を受けていた。高弟のなかでも一、二を争う腕ではあったが、父はさほど与五郎を買ってはいなかった。人柄に危惧《きぐ》の念を抱いていたのだろう。父の死をきっかけに多津は江戸へ出奔してしまったので、そのあとの消息はわからない。

この日、与五郎はふらりと栗橋道場へあらわれた。なぜ小田原にいるはずの男がこのようなところに——。

偶然を装《よそお》ってはいるものの、多津がいると知った上でやって来たのはまず間違いなさそうである。

剣の腕はあきらかに上達していた。勝又兵庫、高橋一之進の二人を軽く打ち負かし、三人目の挑戦者、久之助とも互角に渡り合っている。

久之助は栗橋道場で五本の指に入る。若いがゆえの未熟さはあるものの、敏捷《びんしょう》な動きと勘の鋭さでは右に出る者がない。その久之助が苦戦していた。大上段からの打ち込みを撥《は》ね除け、すかさず下段から突きを入れる。与五郎は飛びのき、気合とともに木刀をなぎ払った。両者、凄《すさ》まじい鍔《つば》ぜり合いとなる。

殺気だっているような――。

多津は空恐ろしい思いで、旧知の男の変貌《へんぼう》ぶりを眺めた。

栗橋道場は馬庭念流《まにわねんりゅう》の流れを汲《く》み、勝つことより負けぬことを主眼としている。言うなれば受け身の剣術である。与五郎の剣技は、明らかに勝つことだけを目的としていた。

「そこまで」

道場主、栗橋定四郎《じょうしろう》の声が響いた。

二人は木刀をおさめ、一礼した。

久之助は退いたが、与五郎はなおもその場に突っ立っている。

「お手前の腕はようわかった。弟子になりたいと申すなら、まず、心得ちがいを捨ててもらわねばならぬ」

栗橋が言いかけると、「お待ちくだされ」と、与五郎が口をはさんだ。

「その前にもうひと試合……」と、多津を見る。「そちらの女性《にょしょう》と、ぜひとも手合わせ願いたい」

多津は息を呑《の》んだ。

かつて一度だけ、手合わせをしたことがある。そのときは苦もなく打ち負かした。が、稽古《けいこ》不足を託《かこ》つ身に、今の与五郎は強敵だった。いや、勝ち負けより、与五郎の腹の底が読めない。それが不気味だ。

多津の狼狽《ろうばい》を見て取って、栗橋が助け船を出した。

「多津どのは拙者の弟子にあらず。指南を請《こ》うて参ったが、故《ゆえ》あってお断りいたした。弟子でない者同士、この場にての手合わせは無用じゃ」

「なれば代わりに、拙者がお受けいたそう」

与五郎が答える前に、菅沼隼人《はやと》が進み出た。

意に適《かな》わぬ者は熟練者でも弟子にしないが、弟子の数が少ない分、栗橋は他流試合には寛容だった。

隼人と与五郎が木刀を合わせるのを見て、多津は席を立った。試合中は身動きを禁じられている。顰蹙《ひんしゅく》を買うことは覚悟の上である。

与五郎はなんのためにあらわれたのか。上達した腕を見せつけるためではないか。

そう。けしかけに来たのだ。その上で、多津に敵討《かたきう》ちを果す気がないなら自ら源太夫に挑みかかるぞ、と、宣言しに来たのだ。

与五郎は道場を突き止めた。住まいを突き止め、多津が敵とひとつ屋根の下で暮らしていると知ったら、逆上してなおのこと戦意を燃やすにちがいない。

多津は、郷里にいた頃の二、三の光景を、今になって思い出していた。からみつくような視線、待ち伏せとも思える不自然な出会い、思わせぶりな言葉――ひとつひとつは些細《ささい》な出来事に過ぎないが、あらためて思い起こせば妙に生々しい。そういえば葬儀の席で、与五郎は耳打ちをした。

このまま済ます気ではなかろうの。それがしが助太刀つかまつろう――。

父の死に動転していたので、多津はその言葉を聞き流した。だがそこには多津への思い――いや、多津への思いを遂げることで沢井流を引き継ぎたいという野心が見え隠れしていた。いずれにせよ、助太刀を頼むつもりはない。それにしても嫌な男に出会ってしまったものである。

背後を気遣いながら家路を急ぐ。

多津は幼い頃母を亡《な》くし、厳格な男親に育てられた。行儀作法を習うより先に剣術を仕込まれた。そのせいか、男勝りで、怖いもの知らずだった。

それが今、怯《おび》えていた。

自分がこの一年鍛練を怠ってきたように、源太夫も剣術とは縁遠い暮らしをしている。多津が知る限りでは、稽古に励む姿を見たことがなかった。子供たちと泥んこになって泥鰌《どじょう》や田螺《たにし》を捕まえ、雀を追いかけ、暇さえあればうたた寝をし、でなければ旺盛《おうせい》な食欲でものを食う。腕の鈍った源太夫に、殺気だった与五郎の剣が防ぎきれようか。

敵の身を案ずるのはばかげている。わかってはいたが、不安はふくらむ一方だった。源太夫父子の邪気のない顔を思い浮かべると、いてもたってもいられない。

思案にくれているうちに、幽霊坂へ差しかかった。いつもながらあたりは静まりかえっている。庇《ひさし》のように張り出した木々の枝葉に、早くも色づきはじめた葉が混じっていた。坂をぬけた先に広がる田畑はあらかた刈り入れを終え、鬼子母神《きしもじん》の社を囲む森も夏の鮮やかな緑から物憂《ものう》げな秋の色に変わっている。

多津は胸に手をあてた。

矢島家に転がり込んで、間もなく一年。

たった一年で、人の心はこんなにも変わるものか――。

感慨を抱いたまま坂をぬけ、組屋敷まで来ると、

「多津ねえちゃーん」

「お帰りーっ」

門前で遊んでいた里と秋が手を振りながら駆けて来た。

自分を待っていてくれる人々がいるというのは、なんと心温まるものか。

多津の仄白《ほのじろ》い頬に、淡い紅がにじむ。

三

「なにかある」

「初対面でないのはたしかだ」

稽古のあとで、久之助と隼人は話し込んでいた。逃げるように帰ってしまった多津の態度は、どう考えても不可解である。

「同郷の知り合いやも知れぬの」

「南波与五郎か……。それにしても妙な奴《やつ》だ」

二人は井戸端で顔と手を洗い、しぼった雑巾《ぞうきん》で体をぬぐった。

「腕自体はさほどでもないが、気迫はただ者ではない。あのままつづけておれば、負けていたやもしれぬ」

隼人はかろうじて優勢を保った。道場主の「止《や》め」という合図のあと、与五郎は丁重に礼を述べ、多津のあとを追いかけるように帰って行った。

「どのみちあれでは弟子入りは望めぬ」

久之助が言うと、隼人は眉《まゆ》をひそめた。

「はじめからあやつ、弟子入りする気などなかったのではないか」

「なれば、なにゆえ試合を挑んだのだ」

「わからぬ。多津どのなら存じておるやもしれぬ」

「訊《き》いてみよう。はぐらかされるとは思うが」

久之助は井戸端を離れようとした。すると隼人が呼び止めた。

「待て。まだ話がある」

「なんだ、あらたまって？」

「いつぞや調べてくれと頼まれた一件だ。沼津藩の……」

久之助は表情をひきしめた。

父の伴之助《ばんのすけ》は、目下、密命を帯びて沼津藩に潜入している。御鳥見役のなかに密偵の任を仰《おお》せつかる者がいることは、久之助も薄々気づいていた。曾祖父《そうそふ》はそのために命を落とし、祖父の久右衛門もしばしば江戸を離れている。

お役向きに首を突っ込むべきではない。承知はしていたが、父から文ひとつ届かぬのが気にかかる。焦燥だけが日増しに深まっていた。

「で、どうだ？」

呟き込むように訊《たず》ねると、隼人は素早くあたりを見まわした。

「とりたてて事件はない。が、豊かな藩ゆえ、お上に目をつけられている」

「沼津藩は水野さまの……」

「うむ。先々代はご老中・田沼意次《おきつぐ》さまの片腕として異例の出世を遂げた忠友《ただとも》さまだ。先代藩主は忠成《ただあきら》さま。忠成さまは将軍家のお小姓だったが、水野家へご養子に迎えられた。文化十四年にはご老中格、翌十五年に勝手掛を兼務、さらに文政元年にご老中首座に昇進、二度にわたる加増を受け、五万石の大名となられた」

将軍の寵愛《ちょうあい》を楯《たて》に権勢を振い、度重なる通貨改鋳や賄賂《わいろ》政治で懐《ふところ》を肥やし、六年前に死去。当代の藩主は忠成の息子の忠義《ただよし》である。

「忠成さまの死後、筆頭ご老中となられた浜松藩主・水野越前守忠邦《ただくに》さまは、忠成さまの放漫財政をおおっぴらに非難しておられる。忠成さまの時代に富を貯《た》め込んだと見て、沼津藩に目をつけ、ことあるごとに上納金を要請しておるそうな」

三年前には江戸城普請《ふしん》のため金一万両を、一昨年にも火災による江戸城西丸修復にかこつけ、金一万両を上納させたと、隼人はつづけた。

「これよりは私見だが……」隼人は声を落とした。「小父《おじ》さまはおそらく、沼津藩がどれほどの財を貯め込んでいるか、なんぞ不正な金脈を抱え込んでおらぬか、そのあたりを探りに行かれたのではないか」

「有体《ありてい》に申さば、因縁をつけて、さらなる上納金を巻き上げるためか」

久之助は眉をひそめた。

「越前守さまは沼津の水野家を目の敵にしておるそうな。目的は上納金だけではないやもしれぬ」

「越前さまの手足となって沼津藩の非を探す……か。お役とあらばいたしかたないとは言うものの……」

「小父さまにはつらいお役よの」

伴之助は律儀で温厚な男である。御鳥見役を務める矢島家の婿《むこ》となり、珠世との間に四人の子を生《な》して、黙々と日々のお役に励んできた。

それが突然の下知《げち》である。

裏表のない真正直な父が、どのような思いで密偵役を勤めているのか。父の心中を思うと久之助の胸は痛む。といってそれがお役とあらば、どうすることもできなかった。

「小父さまのことだ。無謀な真似《まね》はなさらぬ。無事、戻って来られよう」

「そうであればよいが……」

久之助は唇を嚙《か》みしめた。

井戸端に背を向ける。歩き出そうとすると、釣瓶《つるべ》がころげ落ちたのか、背後で不穏な水音が谺《こだま》した。

四

「滞りなきよう、心して勤めよ」

御鳥見役組頭・内藤孫左衛門《まござえもん》は部下の顔を見渡した。日頃は喜怒哀楽に乏しい顔に、この日ばかりは興奮の色がありありと浮かんでいる。

霜月（十一月）下旬に、将軍家の大鷹狩《おおたかがり》が行われることになった。

鷹狩は冬季が本番で、これを大鷹狩という。将軍家や大名家の狩りとなれば、勢子《せこ》や御場拵《こしらえ》人足など夥《おびただ》しい数の農民が駆り出される。農繁期では本業に差し障るので、刈り入れの終わった冬季が本番となった。

鷹狩で実際の要《かなめ》となるのは、御鳥見役ではなく鷹匠である。鷹匠頭は、千駄木の御鷹部屋御用屋敷に戸田五助、雑司《ぞうし》ケ谷《や》の御用屋敷に内山七兵衛、両名が世襲で勤めていた。御鳥見役は事前に鷹場を調べ、準備に怠りがないか、獲物の生育に支障はないかを確認し、鷹狩がつつがなく遂行されるよう諸事万端を整える。

久太郎は組頭の話を上の空で聞いていた。父、伴之助の遠出に伴い、見習い役から本役代理に昇格したばかりだ。はじめての大鷹狩である。落ち度があってはならぬことは重々承知していたが、父の安否が気がかりで身が入らない。

同役の先輩たちが退出するのを待って膝《ひざ》を進めた。

「父のことにございますが……」

声をかけると、内藤は「またそのことか」というように眉をひそめた。

「進展はございませぬか」

この夏、久太郎は衝撃的な事実を耳にした。父からの報告が途絶え、消息が知れぬというのだ。しかも、繋《つな》ぎ役を勤めていた男の骸《むくろ》が見つかった。

それについて内藤がどのような手を打っているのか、皆目わからなかった。家人には心配をさせたくない。己の胸ひとつにしまっているだけに焦燥はつのり、不安に押しつぶされそうになっている。

父上はご無事でおられようか――。

思い余って、ついつい上役に問いただす。そのたびに内藤は不興げな顔をした。

「なんぞわかれば知らせる」

「はあ……」

「よいか。そのほうに課せられた任は、父御の代役をつつがなく勤めることだ。矢島どのとてそれを望んでおられよう。余計なことは考えるな」

余計なこと？　父の安否を気づかうのは子として当然ではないか。

だが、久太郎がお役目を怠り、あるいはしくじれば、父に恥をかかせるのもまた、事実だった。

「大鷹狩を落ち度なく仕切るが御鳥見役の手腕。これにて己の力量が試されるものと心得、邪念を捨ててお役に邁進《まいしん》せよ」

久太郎は辞儀をして廊下へ出た。

詰所へ戻る途中、御鷹部屋をのぞくと、鷹匠の斉藤矢助が蒼鷹《おおたか》に餌《え》をやっていた。

「これは若弟鷹《わかだい》じゃ」斉藤は久太郎を見上げた。「ご存じにござろうが、若弟鷹は一歳の雌の意にござる」

久太郎は鷹を見つめた。

「大鷹狩には初の目見えですね」

「さよう。御鷹さまも代替わりじゃ。大いに気張ってもらわねばの」

鷹匠の声が聞こえたように、若弟鷹は鋭利な嘴《くちばし》で雀をひきちぎった。

「それがしも初の大役です。よろしゅうご指導ください」

頭を下げ、御鷹部屋を出る。

眉間《みけん》にしわを刻み、久太郎は御鳥見役の詰所へ戻って行った。

五

矢島家の斜め前の空き地で、五人の子供たちが深刻な顔を突き合わせていた。

「だから、どうするかってことをみんなでさ……」

源太郎が勢い込んで言いかけると、源次郎が口をはさんだ。

「決まってるよ。その、なんとかいうとこに行けばいいんだろ」

「松前藩」

長女の里が言い添える。

「それどこ?」と、次女の秋。「遠いの?」

「遠いもなにも。ずうっと北の国だ。行くだけで何日もかかる」

「だったらもう帰って来られないの?」

「まず、無理だな」

それを聞いて、末っ子の雪が泣き出した。里が雪を抱き寄せる。

「あたしもいやだ。小母《おば》ちゃんや君江姉ちゃんや多津姉ちゃんに会えなくなるなんて」

秋も頬をふくらませた。

「それで、父さまはなんと答えたの」

里は源太郎に訊ねた。

久右衛門と源太夫の話を立ち聞きしたのは源太郎である。驚いて弟妹を呼び集めた。

「大喜びだった。けど、そのあとちょっと考え、『気がかりがござるゆえ返事は追々に』と言いなおした。心が決まるまでこの話は伏せておいてくれと頭を下げ、部屋を出たとたん、敷居に足を突っかけてすっ転んだ」

源太郎の話を聞いて、一同は顔を見合わせた。

「気がかりってなあに」

「あたしたちのことじゃないの。もしか、みんなが反対したら大変だもの」

「どうするつもりかな、いやだと言ったら。ああ見えてけっこう気が小さいから、父さま、ひとりでは行けないと思うな」

秋、里、源太郎の三人が口々に言う。

「いやなやつは行かなきゃいいさ」源次郎はうそぶいた。「おれは一緒に行く。知らない国へ行くんだ、おもしれえや」

秋はふんと鼻を鳴らした。

「源次郎ひとりが行くと言ったって、父さまは行かないと思うな」

「そうさ。おれたちがいなきゃ、なんにも出来ないんだ」

「なら決まった。わあい。ずっとここにいよう」

秋は手を叩《たた》いた。

大勢が反対の方向へ傾いた、と思ったそのときである。

「けどねえ……」と、里が眉間にしわを寄せた。「父さまが行きたいんだとしたらなんだかかわいそう」

「そりゃあ行きたいさ。行けば前みたいに、ちゃんとした仕事にありつけるんだ」

「このままだったら、ずっと居候《いそうろう》でしょ」

「雀や田螺《たにし》を捕ったって、稼ぎにはならないもんな」

さすがに年長だけあって、源太郎と里は父の将来を思いやる。

すると源次郎が、鬼の首をとったように声を張り上げた。

「したいようにさせてやるのが、子の務めだと思うけどな」

一同ははっと源次郎の顔を見た。

重苦しい沈黙が流れる。

「しかたない。したいようにさせてやるか」

源太郎が決断を下すと、子供たちの口からため息がもれた。

「小母ちゃん、一緒に来てくれないかな」

秋がしょぼんとした顔で言う。

「ばかだな。小母ちゃんには家族がいるんだ。遠くへは行けないよ」

「だったら、多津姉ちゃんは？」

「そうよ。多津姉ちゃんなら家族がいないもの、一緒に来てくれるかもしれない。父さまも喜ぶと思うな」

「けど、多津姉ちゃん、なんて言うかな」

「訊《き》いてみて、もしいやだって言ったら、父さまは恥をかくぞ」

「だからさ、父さまには内緒で頼んでみるんだ」

五人はなおも四半刻《しはんとき》（三十分）余りあれこれ話し合い、父の松前藩仕官に異を唱えないこと、多津の同行については珠世から頼んでもらうこと、の二点を申し合わせた。

「世話のやける親だな」

源次郎のひと言で、ようやく集会はお開きとなる。

家へ駆けてゆく子供たちの背中を、夕陽が紅《あか》く染めていた。

六

黄昏《たそがれ》の残光のなかを、珠世と多津がそぞろ歩いている。

鬼子母神の境内。入り陽にきらめく大銀杏《おおいちょう》。藁苞《わらづと》に挿《さ》した風車がくるくるまわり、遠くの空で烏《からす》が鳴いている。遊び戯《たわむ》れていた子供も一人減り二人減り、老夫婦が社殿に手を合わせているだけのもの寂しい境内である。

珠世は雑司ケ谷で生まれ育った。心がゆらぐとき、悩みごとがあるとき、人知れず泣きたいときは、鬼子母神へやって来る。女が心の内をのぞくのに、ここは、もってこの場所だった。

「では、南波与五郎どのとやらが、源太夫どのに果し合いを迫るやもしれぬと言うのですね」

珠世は多津に目を向けた。

この一年で、多津の頰はわずかだがふっくらしてきた。かつては気性の烈《はげ》しさだけが前面に出ていた切れ長の目にも柔和な色が加わり、肌も年頃の娘らしく艶《つや》めいている。

「なれど、源太夫どのの居所は知らぬのでしょう？」

「とは思いますが……」多津は小さく身ぶるいをした。「道場を捜し当てたのです。遅かれ早かれ知れてしまいます」

珠世は銀杏の梢《こずえ》を見上げた。はるか空のかなたで淡い闇《やみ》に溶け込んでいる。

「これは源太夫どのと多津どのの問題です。手出し無用、放念するようにと、言ってみてはどうですか」

多津も梢を見上げた。めまいでもしたように目を伏せる。

「言ってわかるご仁ではありません。思い込んだら後へは退《ひ》かぬお人なのです」

「お父上のお弟子だと言いましたね」

「その頃から妙なところがありました。もっとも、今になって思えば、ということですが……。昔はさして関心を払わなかったのです」

多津は関心を払わなかったが、男のほうはそうではなかった。与五郎が多津に執心しているとしたら、たしかに面倒なことになりそうである。

「どうすればよいのでしょう?」

多津はすがるように珠世を見た。

「そうですね。そのお人のことを考える前に、多津どの、そなたの気持ちを聞かせてください」

「わたくしの……」

「多津どのは、源太夫どのとの果し合いをどうするおつもりですか」

「どうする、と、言っても……」

多津は狼狽《ろうばい》した。

「まだ、お父上の敵《かたき》を討つおつもりなのですか」

「いえ……」

「なれば、すっぱりあきらめたと?」

多津は唇を嚙《か》み、一瞬ためらったのちに顔を上げた。

「あきらめようと思うのです。怨《うら》みは消えています。なれど……」

「お父上は自ら勝負を挑まれ、堂々と闘ったのですよ。勝ち負けは時の運。源太夫どのを怨んでなどおりますものか。ましてや、娘御に敵をとってもらいたいなどと思うはずがありません」

「そうかもしれません。わかってはいるのです」多津は吐息をもらした。「わかっているのに……胸のなかになにかが引っかかって、どうにもならぬのです」

無理もないと、珠世は思った。多津はとまどっている。人の心は変わるものだと思い定め、自らの変化を肚《はら》の底で受けとめるだけのしたたかさを身につけるには年季がいる。多津はまだ若すぎた。

とはいえ、ここが正念場だった。なんとかこだわりを取り除く方法はないものか。

「ではもうひとつ訊《たず》ねます。仕官が決まり、源太夫どのが出て行くことになったら、多津どのはどうされますか」

多津は途方に暮れたように珠世を見返した。

「たった今、怨みは消えたと言いましたね。たとえ遠国へ行くことになっても、源太夫どののため、お子たちのためのためです。潔《いさぎよ》く見送ってくださるのですね」

「それは……」

「松前藩より源太夫どのに、仕官のお話があります」

多津は息を呑《の》んだ。

「なにも言わず、送り出してくださいますね」

今一度訊ねると、多津は顔をゆがめた。その場にしゃがみ、両手で顔を覆《おお》って嗚咽《おえつ》をもらす。

珠世は身をかがめ、多津の背をさすってやった。

「己の心を偽ると、後々まで悔やむことになりますよ」

七

珠世は多津に、源太夫父子と共に遠国へ行ってはどうかと勧めた。心の整理がつかないなら、今まで通り見張りとしてついて行けばよい。なにごとも無理は禁物。月日が経《た》てばしこりも消え、おさまるところにおさまるはずである。

遠国に行けば与五郎の追跡もかわせる。一石二鳥だ。

即答はしなかったが、多津も心を動かされたようだった。

数日後。

「ぜひとも一緒に来てほしいそうです」

子供たちの申し出を告げると、多津はうれしそうに頬を染めた。

これでなにもかもうまくゆく――。

珠世は安堵《あんど》した。

源太夫は無骨な男だ。恋には縁遠く見えるが、多津を好いているのは一目瞭然《りょうぜん》だった。どのみち、己の命は多津どのに預けたと公言している。反対するとは思えなかった。

そうと決まれば、なにも知らず、ひとり思い悩んでいる源太夫に、一刻も早く朗報を伝えてやりたい。

珠世は源太夫を探したが、家にはいなかった。子供たちが庭で遊んでいるところを見ると、一人で出かけたようだ。しかもその日にかぎって、午《ひる》になっても帰らなかった。

「お腹が空けばなにを置いても飛んで帰るお人が、珍しいこと」

けげんな顔で待ちわびていると、久之助が血相を変えて駆け込んで来た。

「多津どの。多津どのはおらぬか」

玄関先で呼び立てる。

「どうしたのです、大きな声で？」

珠世は玄関へ出て行った。

「源太夫どのが川原で妙な男とにらみ合っています。多津どのを呼んで来てくれと言われました」

「妙な男？」

「以前、道場へ訪ねて来た男です。多津どのは知らぬと言いましたが、なにやら子細があるような……」

「南波与五郎どのですね」

珠世はとっさに応えていた。

「なにゆえ母上があやつの名を？」

久之助が問い返したとき、多津が出て来た。騒ぎを察知したらしい。野袴《のばかま》を穿《は》き、襷《たすき》をかけ、片手に太刀を握りしめている。

「多津どの……」

「小母さま。すみません。今の今まで、小母さまのおっしゃる通り、遠国へ参るつもりでおりました。なれどこうなったからには、ひと思いに決着をつけるしかありません」

　多津は珠世の目を見た。

　珠世は多津の双眸《そうぼう》に、決然たる色を認めた。胸にたまったしこりを吐き出し、真っ向から己の心と向き合おうとしている。切実なまなざしに胸を衝《つ》かれた。

「止めたとて詮《せん》ないこと。行っておいでなされ」

　久之助は驚いて母を見た。珠世は息子に視線を移した。

「多津どのには、斬《き》り捨てねばならぬものがあるのです。他人ではなく己の心のなかに。さあ、早う」

　多津は足拵《ごしら》えをして出かけてゆく。

「そなたは菅沼どのを呼んでおいでなさい。ただし、なにがあっても、手出しはなりませんよ」

　遠くから見守るようにと言い含めて、珠世は久之助を送り出した。

「どうしたの」

「多津姉ちゃん、どこへ行ったの」

　庭で遊んでいた子供たちが、いっせいに駆けて来る。多津の恰好《かっこう》を見て、子供心に胸騒ぎを感じているのだ。

「心配はいりません」珠世は両手を広げて小さな体をかき寄せた。「待っておいでなさい。多津どのはきっと、父さまと一緒に戻って参りますよ」

源太夫は弦巻川《つるまきがわ》の川原にいた。両手を脇《わき》に下ろしたまま、仁王立ちになって与五郎をにらみつけている。

与五郎は刀の柄《つか》に手をかけていた。鋭い殺気が体全体から立ち昇っている。

多津の姿を認めると、源太夫は手を振りたてた。

「おう。参った。見よ、あのいでたちを。拙者の言った通りではないか」

与五郎は皮肉な哂《わら》いを浮かべた。

「おじけづいたかと思うたが、思い違いだったようだの」

二人のそばまで来ると、多津は息をはずませ、

「いったい、どういうことですか」

と、きびしい口調で問いただした。

「こちらのご仁より果し状を手渡された。本来なら拙者も武士の端くれ、受けて立つべきなれど、子細があるゆえ受けられぬと断った」

源太夫が説明する。与五郎があとを引き取る。

「こやつめ、命はそなたに預けておるそうな。多津どのの許しなくば、果し合いは出

来かねると言い張っての」

「いかにも。他人に預けたものを、拙者の一存でやりとりするわけには参らぬ」

「その話がまことなら、多津どのを呼んで参れと言ったのだ。この場で果し合いをするならよし、その気が失せたと言うなら、預けた命、こやつに返してもらう。その上で、このおれが相手をする」

「やはりさようでしたか」多津は吐息をもらした。「源太夫どのが言われた通りです。故《ゆえ》あって、果し合いを先のばしにしておりました。なれど……」

多津は源太夫を見た。源太夫も多津を見返す。双方、燃え立つようなまなざしである。

「かようなことになりましたのも、宿世《すくせ》でしょう。いたしかたございません」

「うむ。時が参ったようだ。多津どの、お相手つかまつる」

一年前、矢島家の前の空き地で、これと同じ場面があった。あのときは珠世が間に入って丸くおさめた。

今回はだが、そうはいかない。

柄に手をかけ、身構えたところで、多津は与五郎に目を向けた。

「源太夫どのは父の敵。娘であり、沢井流の後継者であるわたくしが勝負を挑むのです。助太刀は無用に願います」

「よかろう」

「今ひとつ。いずれが勝ちましても以後いっさいかかわりなしと、お約束いただきます」

「相わかった」

与五郎は気圧《けお》されたようにうなずいた。

居所を探り当て、多津が敵の源太夫と同居していると知ったときは、嫉妬《しっと》と憎悪《ぞうお》で胸の炎がめらめらと燃え上がった。

裏切り者の女狐《めぎつね》め――。

ところが、戦意を失い、敵に身も心も売り渡してしまったとばかり思った多津が、目の前で源太夫と刃を交えるというのだ。それなら、与五郎にも異存はない。

「なれば源太夫どの」

「うむ。手加減はせぬゆえ、そなたも存分に」

多津は抜刀した。源太夫も鯉口《こいぐち》を切り、左足を引いて身構える。

多津は沢井流始祖の後継者だ。源太夫は神道無念流の達人。相手に不足はなかった。

気合とともに、多津は上段から打ち込んだ。源太夫は下段から撥《は》ね上げ、返し刀で八双から斬り下ろす。多津は右手へ避け、すんでのところで攻撃をかわした。

二人は正眼に構えたまま、じりじりと間合いをせばめる。どちらも真剣だった。

胸の奥底に居座り、消すに消せぬこだわりを、この一瞬に出し切ってしまいたい。でなければ、いつまで経っても己の心に素直になれない――。

多津は必死だ。

源太夫も同様である。心ならずも多津の父を討ち果した。思う存分闘わせてやることが、唯一《ゆいいつ》の罪滅ぼしだと肝に銘じている。勝ち負けは思案の外だった。

「お覚悟」

敵の眸《ひとみ》を一心に見据え、多津は太刀を振り下ろした。

源太夫は間一髪で避け、多津の眸に視線をあてたまま鋭い突きをくり出す。はげしい鍔《つば》ぜり合いがつづいた。

半刻《はんとき》（一時間）余り経っても、勝負はつかなかった。が、やがて、わずかながら均衡がくずれはじめた。

源太夫どのは秘《ひそ》かに鍛練をつづけておられたにちがいない――。

多津は鍛練を怠った自分を呪《のろ》った。と、同時に、源太夫の戦いぶりを好もしく思った。疲れを知らぬ体力や鍛え上げた剣技だけではない。敵の心の動きをいち早く読み取る。動きに無駄がない。勘の鋭さと、ここぞと思ったときの豪胆さは、日頃の磊落《らいらく》でおどけた源太夫からは想像もつかなかった。

父上も思う存分闘った。これほどの手練《てだれ》の手にかかるならやむをえぬと、悔いなく死んでゆかれたのではないか――。

自ら挑んだ試合だった。職務上の対立があったこともたしかだが、多津の父は、人前で技をひけらかさない源太夫に、なんとしても刀を抜かせたいと焦《あせ》っていた。敗れはしたが、剣術者の探究心は満たされたはずだ。

そう思ったとき、胸のしこりが消えた。真剣勝負は神聖である。遺《のこ》された者が逆恨みをして、神聖な勝負を汚してはならない。

息が上がってきていたが、多津は踏ん張った。最後の最後まで無心に闘うことが父への餞《はなむけ》、源太夫への詫《わ》びでもある。

鍔ぜり合いはなおもつづいた。打ち込んではかわされ、容赦ない反撃に汗まみれになって応戦する。「あっ」と思った瞬間、川原の石につまずき、よろめいた。源太夫の太刀がひらめき、多津の刀が空に舞い上がる。

源太夫は振り上げた太刀を宙にかざしたまま、多津を見下ろしていた。

ひと思いにお斬りなされませ――。

多津の心は平安だった。自分も剣術者である。力の優《まさ》る者に斬られるのは本望だ。観念したそのとき、源太夫の動きが止まった。

「多津どの。そなたの命、拙者がもらい受けた」

振り上げた手を下ろし、軽く頭を下げる。

多津は蒼白《そうはく》になった。源太夫の言葉に驚いたからではない。刃光をなびかせ、源太夫の背後に駆け寄る人影があった。

与五郎である。

「後ろにっ」

多津は叫んだ。

与五郎の太刀が源太夫の背を斬り割ろうとした刹那《せつな》、源太夫の刃がきらめいた。

一瞬の差で、与五郎は腹を斬り割かれた。断末魔の呻《うめ》きを発して昏倒《こんとう》する。

「源太夫どの……」

多津は駆け寄った。恨みもなければ恥じらいもない。ただ、熱いものだけが胸を満たしている。

源太夫は振り向いた。刀を捨て、渾身《こんしん》の力で多津を抱きしめた。

時は止まり、寒風だけが二人のまわりで渦巻いている。

どれほどそうしていたか。

二人は体を離した。申し合わせたように与五郎の亡骸《なきがら》を見下ろす。

「沢井流の後継者たる者は自分しかおらぬと、与五郎どのは思い込んでおられたのです。そのためには源太夫どのを斃《たお》すしかないと考えたのでしょう」

多津が沈痛な面持ちで言うと、源太夫も重苦しい吐息をもらした。

「いや、このご仁は多津どのに執心しておったのだ」

思いがけない成り行きに二人は呆然《ぼうぜん》としている。

両手を合わせたそのとき、黒い人影が二つ、遠方から急ぎ足で近づいて来た。

八

矢島家の茶の間の畳は、中央の半畳分がはずれるようになっている。

十月中の亥《い》の日は炬燵《こたつ》開きだ。武家ではひと足早く、上亥の日に行なう。いよいよ冬の到来である。

「あたしにやらせて」

秋が珠世の膝元《ひざもと》にすり寄った。

「ではお願いしましょう。はい、どうぞ」

十能《じゅうのう》の柄を握らせてやる。

「わあい。炬燵だ、炬燵だ」

源太郎と源次郎が駆けて来た。

「二人には櫓《やぐら》をかぶせてもらいましょうか」

小田原城下で育った子供たちは、矢島家へ来るまで炬燵を知らなかった。昨年の炬燵開きでは、珠世を遠巻きにしながらけげんな顔で眺めていたものだ。こわごわ炬燵に足を差し入れ、歓声を上げていた姿が目に浮かぶ。

来年の冬は炬燵どころでは済まないだろう。松前の冬は凍りつく寒さだと聞く。年明けに、源太夫父子は、渋谷村の松前藩下屋敷へ移ることになっていた。雪解けを待って、工藤と共に北国へ旅立つ。

多津はとりあえず矢島家に残る。源太夫父子が北国へ旅立つ前に、佳日を選んで、正式に後妻として嫁ぐ。

「だれか多津どのを見かけませんでしたか」

櫓が定位置におさまったのを見て、珠世は子供たちに声をかけた。炬燵布団《ぶとん》の綻《ほころ》びは多津が縫った。布団はまだ多津の部屋にある。

「姉ちゃんなら、さっき父さまと出かけて行ったよ」

「本住寺へ挨拶《あいさつ》に行くんだって」

果し合いのあと、南波与五郎の骸《むくろ》は本住寺に運ばれた。小田原から駆けつけた親族に骸を引き渡す役は、和尚が買って出た。

親族は与五郎の振る舞いに恐れをなしていた。家の銭を持ち出し、行方知れずになったときは、むしろほっとしたという。非業の死に涙する者はあったが、源太夫や多津を恨む者はいなかった。

多津と源太夫はなけなしの銭をはたいて、寺にささやかな供養《くよう》塔を寄進することにした。おそらくその相談に出向いたのだろう。

「父さまったら、姉ちゃんの機嫌ばかりとってら」

「多津どのは姉ちゃんではありませんよ。もうじき母《かか》さまになるのです」

珠世はえくぼを浮かべた。

「母さまは死んだ母さま。姉ちゃんは姉ちゃん。困ったな。なんと呼ぼうかな」

秋は鼻にしわを寄せた。

「なら母《はは》さまでいいや。父さまと母さま」

源次郎が言うと、

「武家の子は父上母上と言うんだ」

源太郎が弟の頭を小突いた。

「やったな」

源次郎は兄の足を蹴飛《けと》ばす。

「喧嘩《けんか》なら外でなさい。灰がたちますよ」

珠世は子供たちを追い立てた。

「父上母上なら、あたしたちのことも兄上姉上と呼ばなくちゃ」

「へん。おかしいや。兄上姉上なんて」

あれこれ言い合いながら子供たちはばたばたと駆けてゆく。

これでは多津どのもおちおちしてはいられまい――。

珠世は微苦笑を浮かべた。

年が明ければ多津は二十二。その歳《とし》でいたずらっ子五人の母になるのだ。並大抵の苦労ではないはずだ。

なれど――。

多津は幸せになるにちがいない。心の通い合う家族がいれば、極寒の地であれ貧苦の暮らしであれ、切りぬけてゆけるものである。

炬燵ににじり寄り、櫓の隙間《すきま》から手をかざした。
「主《あるじ》どの、我が家は寂しゅうなりますね」
遠国にいる夫、伴之助に語りかける。
手のひらのぬくもりとは裏腹に背中が寒い。
珠世は、背中合わせの幸不幸を思った。
音もなく炭が燃えている。

第七話　大鷹狩

一

霜月《しもつき》（十一月）半ばの、穏やかな午後である。

矢島家の茶の間では、幸江、君江、多津《たづ》の三人が談笑していた。

「これでしたら多津どのにお誂《あつら》え向きでしょう」

話が一段落したところで、幸江は畳紙《たとう》をひろげ、多津の膝元《ひざもと》へ押しやった。

花色の地に麻の葉の小紋を散らした小袖《こそで》は、幸江が嫁ぐ際、母の珠世《たまよ》が手ずから縫い上げたものだ。

幸江は矢島家の長女で、七年前、小十人組《こじゅうにんぐみ》の家へ嫁いだ。嫡子《ちゃくし》の新太郎は六歳になる。

婚家は息が詰まると言って、ひと頃は用事にかこつけては里帰りをしていた幸江だが、矢島家に居候《いそうろう》が増えたこの一年は足が遠のいていた。たまに顔を見せても長居はしない。それがかえってよかったのか、近頃では旗本の奥さまぶりが板についてきた。

この日、幸江は、多津のために小袖を持参した。多津が源太夫の後妻になると決まり、正月に二人そろって工藤《くどう》家へ挨拶《あいさつ》に出向くことになったと聞いたためである。工藤家の当主・工藤伊三衛門《いざえもん》は松前藩の物頭《ものがしら》で、源太夫を自藩の藩士にと推挙してくれた恩人だった。

「あら、なつかしい」

小袖を見て、多津より先に君江が身を乗り出した。

「お嫁にいらしたばかりの頃、よく着ていらしたわね。このところ見ないけれど」

「六つの子がいるのです、わたくしにはもう派手ですよ。なれど多津どのなら……」

多津は頬を染め、困惑顔で小袖を見やった。

「それならわたくしだって……。五人の子の母になるのですから」

「それとこれとはちがいますよ。多津どのはまだお若いのです。少しは華やいだ恰好《かっこう》をなさらねば」

多津は幼いころ母を亡《な》くし、剣術者の男親に育てられた。華やいだ小袖とは無縁だった。矢島家をはじめて訪れたときも縞《しま》小袖に野袴《のばかま》姿だ。この一年で娘らしい恰好もするようになっていたが、君江の小袖では気恥ずかしいと言って、珠世の地味な小袖を借りて着ている。

「姉上さまのおっしゃる通りです。わたくしも多津さまには花色がお似合いだと思います」

ほらね――と、君江は多津の体に小袖をあてがった。

多津は思わず身を引いた。

「せっかくの小母《おば》さまのお心尽くしなのです。大切にしまって置いて、君江どのが嫁ぐとき、持っておいでなさいまし」

君江は十七になる。細面の姉とちがって丸顔なので子供っぽく見えるが、今日明日嫁いでもおかしくない歳《とし》だった。

娘たちがあれこれ言い合っているところへ、珠世が入って来た。里、秋、雪の三人を従え、焼き芋をのせた盆を掲げている。

珠世は多津の言葉を聞きかじって、

「そのときはそのときですよ」

と、軽やかに笑った。

「また縫えばすむことです。多津どの、遠慮はいりませんよ」

さ、どうぞと焼き芋を勧める。

真先に秋が手を伸ばした。

姉娘の里は多津の膝元へ這《は》い寄って、

「わあ、きれい。これ、多津姉ちゃんのお着物？」

うっとりと小袖をなでまわす。

それを見て、秋も焼き芋を手にしたまま身を乗り出した。

「小母ちゃんが縫ったの？」

「汚い手でさわってはいけません」

珠世に叱《しか》られ、ぺろりと舌を出す。

「あたし、この色、好きだな」

「あたしも大好き」

「あなたたちのじゃないの、多津さまのですよ」

君江が笑いながら言うと、幸江が「ほら」と多津に目を向けた。

「多津どのには女のお子が三人も出来るのです。少しくらい派手でも、そのうち里ちゃんや秋ちゃんが着るようになりますよ」

「そうよ。持っていて損にはなりません。ね、多津さま」

多津は目をふせ、頭を下げた。

「さあさあ、熱いうちに召し上がれ」

珠世は雪のために焼き芋の皮をむいてやる。

「お茶をいれてきます」

多津が腰を浮かせた。

「あら、わたくしが……」

多津と君江は先を争うように出てゆく。

珠世は感慨深げに娘たちの後ろ姿を見送った。

「娘を嫁にやるのは気がかりなものです。そなたを嫁がせると決まったときは、心配で眠れませんでしたよ。跳ねっ返りの勝気な娘に旗本の奥さま役が務まるものかと……」

「案ずるより生むが易《やす》し、でしたでしょう」幸江は声をたてて笑った。「ごらんのようになんとかやっております。近頃はお姑《かあ》さまにもあまり小言を言われなくなりました」

禄高《ろくだか》に大差ないが、小十人組は旗本、御鳥見役は御家人。ぜひにと請われて嫁にいったはよいが、幸江ははじめのうち、やれ家風だ行儀作法だと口やかましい姑《しゅうとめ》に辟《へき》易《えき》していた。持ち前の明るさで切りぬけた娘が、珠世は誇らしい。

「君江にも、二、三、話はあるのですが……」

「もうそんな歳になるのですね。どのようなお話ですか」

「それが……」

　里と秋が焼き芋を食べる手を休め、二人の話に耳をそばだてている。

「あの子は気の張らない家へ嫁がせてやりたいと思っているのです」

　珠世は子供たちを見て、えくぼを浮かべた。手を伸ばして、雪の頬についた芋のかすを取ってやる。

「多津どのはその点、お幸せです」

　源太夫にはうるさい親戚《しんせき》がいない。五人のいたずらっ子には手を焼くだろうが、子供たちはみな多津を慕っていた。

「さようですね。源太夫どのは頼りがいのある、おやさしいお方ですもの」

　うなずいたところで、幸江は思い出し笑いをした。

「もっともはじめて逢ったときは、そうは見えませんでしたが……」

　昨秋の鬼子母神《きしもじん》の御会式《おえしき》の日。組屋敷内をうろついていた浪人を、幸江は子攫《こさら》いと勘違いした。あのときの源太夫のうらぶれた姿を思うと笑いが止まらない。

「ほんに、源太夫どのの背中から手妻《てづま》のようにお子たちが飛び出したときは、腰がぬけそうでした」

珠世も吹き出した。

里、秋、雪の三人はきょとんと顔を見合わせている。

そこへ君江と多津が湯飲みの盆を掲げて戻って来た。

「なにを笑っているのですか」

「君江姉ちゃんがお嫁にゆく話」

秋がこましゃくれた顔で答える。

君江はぽっと頬を染め、困惑したように目を泳がせた。

「わたくしはまだお嫁になんかいきませんよ。それより兄さまのほうが先です」

長兄の久太郎は二十一、次兄の久之助は二十歳。見習いから鳥見役に昇進した久太郎にもちらほら縁談が聞こえてはいたが……。

「いずれにせよ、父上がお帰りになってからのことですね」

幸江が母の顔色をうかがうように言う。

伴之助《ばんのすけ》の不在に話が及んだので、ひととき重苦しい沈黙が流れた。春先にお上の命で沼津へ旅立った伴之助からは、いまだに便りひとつない。

「どうしたのです？　さ、お二人も早うお食べなさい」

珠世は明るく声をかけ、その場をとりなした。

「はい。多津姉ちゃん。はい。君江姉ちゃんも」

秋が焼き芋を配る。

「あちらの家でこんなふうに焼き芋を頬ばってごらんなさい。白い目で見られます」

——幸江どの。立場をわきまえなされ。不作法はお家の恥じゃ。

姑の口真似をして、幸江は「おお怖い」と首をすくめる。

茶の間に和やかな笑いが戻ってきた。

二

源太夫はその日、源太郎と源次郎を連れて、渋谷村の松前藩下屋敷内にある長屋を下見にやって来た。

正月から仮住まいする家である。茶の間のほか、小部屋がふたつあるきりの簡素な住まいだが、それでも矢島家での納戸《なんど》住まいに慣れた目には広すぎるほどだ。

ともあれありがたい。まずは父子が引き移り、佳日を選んで多津を迎える。雪が解ければ一家七人、手を携えて遠国へ旅立つ。そう思うと、源太夫の胸は喜びにはちきれそうだった。

しきりに感激している父をよそに、源太郎と源次郎はきょろきょろとあたりを見まわしている。

「お、雀がいるぞ」

「黐竿《もちざお》を持って来ればよかったな」

もう雀は捕らなくてよいのだといくら言い聞かせても納得がいかないらしい。

下見のあと、父子は工藤家へ挨拶に立ち寄った。

工藤伊三衛門はあいにく不在だった。勧められるままに客間で帰りを待つ。

長々と待たされ、源太夫は焦《じ》れた。源太夫でさえ焦れるのだから、腕白な子供たちが大人しく座っていられるはずがない。

動きまわるのはいたしかたないものの、床の間に近づくたびに肝が冷えた。

「手を触れるなよ」

床の間には置物がずらりと並んでいる。蝦夷《えぞ》との交易で得たという貴重な品々だ。

――この花瓶はの、露国の大名屋敷にあったものじゃそうな。ほれ、見事な細工じゃろう？　値もつけられないほど高価なものでの……。

物頭の屋敷になぜ高価な置物があるのか。幕閣の重臣への貢《みつ》ぎ物にするためだ。

源太夫は尻《しり》をもぞもぞ動かした。足がしびれている。いよいよ退屈しきって、源太郎と源次郎はとっ組み合いをはじめた。

「喧嘩《けんか》なら庭へ出てやれ。置物を壊しでもしようものなら……」

言いかけたときは遅かった。源太郎に跳ね飛ばされ、源次郎は床の間へ倒れ込む。陶製の花瓶が音をたてて転がった。花瓶には、胴体の左右に耳のような恰好の把手《とって》がついている。その片方がはずれた。

源太夫は蒼白《そうはく》になった。

さすがに源太郎と源次郎も棒立ちになっている。


半刻《はんとき》ほどして、工藤が帰って来た。

「待たせたの。ご老中のご用人さまに内々の話がござっての……」

言いながら客間に足を踏み入れ、ぎょっと目をむいた。

脇差《わきざし》を前に、源太夫が諸肌《もろはだ》脱ぎになっている。源太郎が抜刀した太刀を手に父の斜め後ろに立っていた。源次郎は反対側の斜め後ろで、把手のとれた花瓶を胸にかかえている。

「な、なんの真似《まね》じゃ」

「ごらんのとおりにござる」源太夫は畳に両手をついた。「手に取って眺めようとしたところ、うっかり大事な置物を落としてしもうた。数々のご厚情を賜ったにもかかわらず、恩を仇《あだ》で返す結果となってしもうたは、それがしの不徳のいたすところ。かくなる上は腹をかっ斬《き》ってお詫《わ》びつかまつる。哀れとおぼしめさるるお心あらば、なにとぞ、子らにはお咎《とが》めなきよう……」

むろん、詫びの気持ちを誇示するための芝居である。が、芝居が芝居でなくなる場合もあると、源太夫は承知していた。いざというときの覚悟は出来ている。

「待て、待たんか」

工藤は苦笑した。

「かようなことで腹を斬っては、いくつ腹があっても足りぬわ」

「されどこの花瓶は露国よりの……」

「国元へ戻ればごろごろしておる。それにの……」

けげんな顔をしている源太夫を見て、工藤はぎこちなく笑った。

「この把手は以前にもはずれたことがあっての、そのたびに糊《のり》でくっつけておるのじゃ」

「なあんだ。はじめから壊れていたのか」

源太夫より先に源次郎が声を発した。抱えた花瓶を邪険に放り出す。

「おっと、危ない」

工藤は泡を食って花瓶を抱き取った。

源太夫は源次郎の頭を小突き、源太郎に太刀をおさめさせると、着衣を整え、あらためて詫びを述べた。

工藤は花瓶を床の間のもとの位置へ戻し、上座に腰を下ろす。ふっと真顔になって、

「心に留めおかれよ」と、源太夫の目を見すえた。

「当藩へ仕官が叶《かの》うたのちは、家名がどうの、武士の沽券《こけん》がどうのと申すは忘れてもらいたい。果し合いのなんの、さような下らぬごたごたもご法度《はっと》じゃ。まして花瓶ごときにあたふたするはもってのほか。それより、外に目を向けよ」

「外、とは？」

「国元へ戻らばわかる。われらがいかに井のなかの蛙《かわず》か、ということがの」

源太夫は目を瞬《しばた》いている。

「ご用人さまにもさような話をした。が、わかってはもらえなんだ」

工藤は吐息をもらした。

老中は四人いる。用人がそのなかのだれの家臣かはわからないが、進言は相手にされなかったというのだ。

「それはそうと……」工藤は表情を引きしめた。「矢島家も厄介事《やっかい》に巻き込まれたのう。お内儀どののご心痛、いかばかりか」

源太夫は首をかしげた。

「なんのことにござりましょうか」

「例の、ご当主が行方知れずになっておる一件じゃ」

「伴之助どのが、行方知れずになっておられると？」

源太夫は目をみはった。

「聞いておらぬのか」

「はあ……」

「ひょんなことから噂《うわさ》を耳にした。沼津藩で、なんぞ物騒な事件があったらしい」

「物騒な事件、と申しますと？」

「くわしゅうは知らぬ。が、矢島伴之助は事件に巻き込まれ、消息を絶った」

その話についてはそれだけだった。

源太夫は工藤の雑談を上の空で聞き、早々に腰を上げた。

家へ帰る道々、思案にくれた。

珠世は知っているのか。知っていて、家人を動揺させぬよう、知らぬふりをよそおっているのだろうか。

そうは思えなかった。いくら気丈な珠世でも、噂を耳にしているなら多少なりと焦燥の色が顔にあらわれるはずだ。

矢島家の家人はまだ、当主が行方知れずになっていることを知らぬのではないか。

いやいや――。

源太夫は久太郎の顔を思い浮かべた。この半年ほど、久太郎は家にいるときほとんど自室にこもりきりだった。食事の際、顔を合わせてもろくにしゃべらない。父の代役を仰《おお》せつかり、緊張しているからだと思っていたが、それればかりではなさそうだ。

矢島家の面々は今や源太夫にとって実の家族同然だった。伴之助の安否が気にかかる。伴之助の身になにかあった場合を思うといてもたってもいられなかった。

「父さまは芝居がうまいな」

「芝居で済んだからよかったものの……」

「怖いんだろ。へん、兄ちゃんには介錯《かいしゃく》なんか出来やしないよ」

「出来るさ。これでも武家の嫡男《ちゃくなん》だぞ」

「出来ないって。どのみち刃こぼれしてるんだ。斬れっこないよ」

源太夫は多津と果し合いをして、南波《なんば》与五郎《よごろう》を斬った。人を斬った刀は刃こぼれがひどい。だが銭がないので刀を研《と》ぎに出せないとぼやいている。

「うるさい」源太夫は子供たちをにらみつけた。「黙って歩け」

源太郎は口を閉じたものの、源次郎はけろりとしていた。悪びれもせず父のそばへ歩み寄って、

「父さま、じゃないや父上。あの爺《じい》さんのこと、気に入ったぜ」

と、鼻をうごめかせた。

「爺さんじゃない。工藤さまだ」

「そんなら工藤さま。工藤さまにならい、雀の捕り方を教えてやってもいいや」

「ふん。おまえのその言葉を聞けば、工藤さまもさぞや涙を流して喜ばれよう」

矢島家の門前まで戻って来たところで、源太夫は子供たちの襟首をつかまえた。

「今日のことはいっさい他言無用。よいな。口が裂けても言ってはならんぞ」

きびしい顔で言い聞かせる。

源太郎は神妙な顔でうなずいた。が、源次郎は言い終わらぬうちに父の脇をすりぬけ、家のなかへ駆け込んでしまった。

三

「えいやっ。とうっ」

久之助は矢島家の筋向かいにある空き地で、剣術の稽古《けいこ》をしていた。

春には子供たちが花を摘み、秋には蜻蛉《とんぼ》を追いかけた空き地も、今は乾いた地面に枯れ草がまばらに残るだけの殺風景な冬景色だ。

夕陽が背中を紅く染めている。久之助はすり足で右へまわり、左へ一歩踏み出し、大上段から打ち込んだ。動くたびに足元に長く伸びた影が右へ左へゆれる。

「ええい。これでもか」

剣術の稽古は一日も怠ったことがない。とりわけこのひと月余りは、稽古にかつてない気迫がこもっていた。

なぜか。

多津のせいだ。

多津が源太夫を慕っていることは、前々から感じていた。自分については、剣の道を究《きわ》める者同士、ひとつ年下の弟、心を許し合った友、としか見ていないということも。

多津の相手として見るなら、源太夫は少々歳《とし》を食っていた。第一、五人も子供がいる。だが生来の豪胆さと人柄の温かさは、そんじょそこらの若者には真似の出来ないものだった。多津が惚《ほ》れたというなら不服はない。不服はないが……。

頭でわかっていても、胸のもやもやは消えなかった。多津の心を得られなかったのは己が未熟だからだと思う。

源太夫は多津を得、仕官の口を得た。源太夫ほどの男だ。それはまあよいとしよう。だが、兄の久太郎はたったひとつしか歳がちがわないのに父の代役を勤めている。親友の菅沼隼人《はやと》も、自分と同い年で御徒目付《おかちめつけ》の見習いを勤めていた。

おれだけがあてもなく刀を振りまわしている――。

そう思うと自己嫌悪《けんお》がつのった。

「えいやあ」「たあっ」「食らえ」

仮想の敵に向かってはげしく斬り込む。

ふっと我に返ると、空き地の片隅に源次郎がいた。地面にしゃがみ、両膝《ひざ》の上に両肘《ひじ》、手のひらの上に顎《あご》をのせて、無心な眸《ひとみ》で久之助を見つめている。

汗をぬぐい、片手を上げる。

源次郎は小犬のように駆けて来た。

「大きくなったら、久之助兄ちゃんみたいになるんだ」

源次郎は目を輝かせ、久之助を見上げた。

久之助は胸を衝《つ》かれた。

そうだ、こいつも次男だったんだ――。

なぜ長男は出来がよく、次男は乱暴者と相場が決まっているのか。そうではない。長男に生まれたからまっすぐに育ち、次男に生まれたから脇道に逸《そ》れてしまうのではないか。

ふいに温かなものがこみ上げた。源次郎の肩に腕をまわす。

「ずっとここにおればよいのに。さすればおまえと手合わせが出来る」

「うん。兄ちゃんを負かしてやったのにな」

二人は笑みを交わし合った。

「新しい家を見て来たか」

「ああ」

「どうだった？　納戸よりはましだろう」

「どうってことないや」

言い捨てた源次郎は、思い出し笑いをした。

「父さまたら、おかしかったな」

問われるままに、花瓶を壊した一件を話して聞かせる。

「もともと壊れておったゆえ糊で貼《は》りつけた……か」久之助も笑った。「工藤さまはえらいお方だの。大切な置物を壊され、とっさに言いつくろうは、なかなか出来ぬことだ」

下手な言い訳をせず切腹の心意気をみせた源太夫も源太夫なら、壊れていたと偽って笑い飛ばした工藤も工藤。いずれも大人物である。

「うん。おれも工藤さまは好きだ」

「源太夫どのもよきお方に見込まれた。これでなんの憂《うれ》いもなし、か」

「そうでもないんだ。父さまは機嫌が悪い。小母ちゃんがしんつうだからさ。〝しんつう〟ってのは心配事があるってことだろ」

久之助は源次郎の顔を見下ろした。

「母上はなにを案じておられるんだ？」

口止めされたような気もしたが、「兄ちゃんならまあいいや」と、源次郎は思った。家族同然だと、父も口癖のように言っている。

源次郎は問われるままに答えた。

久之助は眉《まゆ》をひそめた。

「行方知れず、と、言ったのか」

「うん」

まことだろうか。もしそうなら一大事である。

家の者たちは知っているのか――久之助は考えた。少なくとも、兄、祖父、母の三人は知っているはずだ。父が沼津藩へ出かけたことも知っていたのに、自分には教えてくれなかった。

やはり次男など物の数にも入らないのだ――。

苦々しい思いを嚙《か》みしめていると、

「あ、多津姉ちゃんだ」

と、源次郎が叫んだ。

沈みかけた夕陽を背に、多津が立っていた。

源次郎は久之助から離れ、多津に駆け寄った。

多津は源次郎を抱き止めた。そのままじっとたたずんでいる。久之助の顔を見つめているように見えたが、逆光なので表情までは読み取れなかった。

久之助は鞘《さや》を拾い上げ、刀をおさめた。重苦しい息を吐き、歩きはじめる。多津の脇を通り過ぎようとしてすっと目を逸らせた。

逸らせる前の一瞬、久之助の視線が多津の顔をとらえた。親しげな笑みが浮かんでいる、と見たとたん、それはとまどいに変わった。

多津どのは気づいているのか、おれの胸の痛みを——。

「さあ、帰りましょう」

背後で多津の声が聞こえた。多津と源次郎の足音がつづく。

先に立って歩きながら、久之助は、自分はこれからなにを為《な》すべきか、悲愴《ひそう》な顔で考えていた。

四

源太夫父子が渋谷村の松前藩下屋敷まで足を伸ばした同じ日、久太郎も、渋谷村からさほど遠からぬ場所へ来ていた。

こちらは駒場野《こまばの》。将軍家の御鷹場である。

駒場野では相田八助という御鳥見役が家を構え、常時、御鷹場の管理をしていた。

相田の下には、農民から抜擢《ばってき》された権兵衛という綱差《つなさ》しがいて、鶉《うずら》を飼育している。

江戸城から近いこともあって、駒場野では頻繁に鷹狩が行われていた。将軍一行がやって来たとき獲物がいないのでは不興を買う。そのため、権兵衛は日頃から餌《え》づけをして、いざというとき鶉が集まるよう手筈《てはず》を整えていた。

久太郎は御鳥見役の先輩、石川幸三郎と行動を共にしている。石川は三十代後半の温厚な男で、矢島家と同じく雑司《ぞうし》ケ谷《や》の御鳥見役組屋敷に住んでいた。伴之助とも懇意だ。

「伴之助どのとも、よくこうして御鷹場巡りをしたものじゃ」

律儀で几帳面《きちょうめん》な性格を買われ、伴之助はここ数年、御鷹部屋御用屋敷で報告書をまとめたり、鷹匠と鷹狩の手筈を打ち合わせたりといった地味な仕事が主だった。が、御鳥見役の本来の任務は御鷹場の巡邏《じゅんら》である。遠出の機会もむろんあり、その際は、石川と組んで出かけていたという。

父の失踪《しっそう》について、久太郎は何度も石川に探りを入れようとした。なにも知らぬのか、それとも知らぬふりをしているのか、石川は話題にのってこなかった。

「正月も近いゆえ、そろそろ戻って来られよう」

そのたびにやんわりとはぐらかされた。

この日も、二人は相田の案内で御鷹場を見て歩き、勢子《せこ》や御場拵《こしらえ》人足の手配など、来《きた》るべき大鷹狩の手筈を打ち合わせた。

「近頃は獲物が少のうなっての、権兵衛も難儀しておる」

相田は嘆息した。石川も苦笑する。

「どこの御鷹場へ参っても、同じ悩みを聞かされるわ」

人家が増えたせいで、獲物の確保は悩みの種になっている。

鳥小屋へ立ち寄ると、権兵衛が鶉に餌《え》をやっていた。餌づけの手を休め、緊張の面持ちで、三人に鶉の生育状況を報告する。

「鷹狩はただの狩りではない。将軍は狩りの獲物を大名や家臣どもに分け与える。古来よりの儀礼での、それこそが主従の絆《きずな》を深める大切なしきたりなのだ。獲物の数が少のうては将軍家の威信にかかわる」

帰り道で、石川は教えた。大鷹狩が首尾よく終わるように祈願してゆこうと誘う。

二人はまわり道をして、宮益坂《みやますざか》の近くにある大嶽神社へ立ち寄った。絵馬を奉納し、社殿に両手を合わせる。

「入口で待っておるゆえ、おぬしは心ゆくまで祈願するがよい」

久太郎が顔を上げるのを待って、石川はくるりと背を向けた。

やはり、父上が行方知れずだと知っておられるのだ——。

久太郎は胸を詰まらせた。大鷹狩の成功だけではない、自分にはそれ以上に祈願することがあると、石川は見抜いている。

久太郎は父の無事を祈って、もう一枚絵馬を奉納した。

首《こうべ》をたれ、両手を合わせると、不覚にも涙がこぼれそうになった。

五

霜月下旬に入ったある日のこと、矢島家の朝餉《あさげ》の膳《ぜん》にひとつ空席ができた。あわただしいひとときのことで、全員が膳の前に並んでみるまで、だれも気づかなかった。

「そういえば、今朝は久之助の姿を見かけませんね」

「厠《かわや》へ起きたとき灯がついておった。昨夜は遅くまで起きとったようじゃ。まだ眠りこけておるのじゃろう」

久右衛門は顔をしかめた。

「起こして参ります」

君江が腰を上げかけるのを見て、源太夫が源太郎に目くばせをした。源太郎はいきおいよく立ち上がり、久之助の部屋へ駆けてゆく。

と、すぐに戻って来て報告した。

「おりません」

「おらぬ？」

「空き地で朝稽古をしておられるのではありませんか。このところ、暇さえあれば稽古に励んでおられます」

多津の言葉で、今度は源太夫が腰を浮かせた。

「拙者が呼んで参ろう」

「放っておけ。朝飯を忘れるほど熱中しておるのだ。好きにさせておくがよい」

久右衛門に言われ、源太夫は座りなおした。一同は箸《はし》を取る。久之助の行方が気がかりで、箸は進まなかった。

「見て参る」

源太夫が箸を置くのを見て、珠世もさりげなく席を立った。久之助の部屋をのぞく。

いつになく整然と片づいていた。胸騒ぎを感じながらなかへ入る。

部屋の隅の文机の上に文がのっていた。逸《はや》る胸を抑えて文をひらく。

『母上さま』ではじまる文面は、『故《ゆえ》あって留守致し候《そうろう》。心配ご無用。久之助』という、いとも簡潔なものだった。

珠世はふるえる指で文をたたみ、ふところへしまった。

茶の間へ入ろうとしたところへ源太夫が戻って来た。

「空き地にはおらぬ」

「おらぬはずです。出て行ったのですから」

源太夫は眉を寄せた。

「出て行った？」

「文がありました」

珠世は源太夫に文を見せた。

「これだけではなんのことやらわからぬの」

「ともあれここは……」

いたずらに騒ぎ立てては、ことを大きくするばかりだ。二人は目くばせを交わし合い、茶の間へ戻った。

「久之助は急用が出来たゆえ出かけました。じきに戻って参りましょう」

珠世は平静を装《よそお》って報告した。

「どこへ行ったのですか」

「なにゆえ、かように朝早くから」

一同はいぶかしげな顔で訊《たず》ねる。

「さあ。わかりません。それより朝餉を済ませてしまいましょう」

珠世は箸を取った。が、機械的に箸を口に運んでいるだけで、なにを食べているのかわからなかった。

久右衛門はむっつりと押し黙っている。

君江と多津はちらちらと珠世の様子をうかがっている。

久太郎はじっと考え込んでいる。

その久太郎を、源太夫が探るような目で見つめている。

子供たちだけがあっけらかんとした顔で飯をかき込み、「ごちそうさまでした」と元気よく挨拶《あいさつ》をした。

このひと月、多津は子供たちに行儀作法を仕込もうとしていた。今のところ目ざましい成果はなかったが、子供たちは子供たちなりに、多津に褒められようと努力している。

朝餉を終えるや、久右衛門と久太郎はそそくさと席を立った。珠世はいつものように久太郎を送り出す。後片づけを君江と多津にまかせて、久右衛門の部屋へ出向いた。

久之助の書き置きを手渡すと、久右衛門は一読して首を横に振った。

「当主がおらぬというに、皆に心配をかけおって」

「いずこへ参ったのでしょう」

珠世は吐息をもらした。

「心当たりはないのか」

「ありません」

「ま、あの年頃にはようあることじゃ。騒ぎだてはせぬがよい」

「はい……」

胸騒ぎはつづいていたが、今さらどうなるものでもなかった。久之助は昨夜ひと晩、考えぬいた上で家を出たのだ。それなりの訳があったにちがいない。

しばらく話をして、廊下へ出た。主《あるじ》が遠出をしている。一年近くなるのに文ひとつ届かない。そのようなときに息子まで行き先も告げずに出かけてしまうとは……。家族の前では平静を装っていても、珠世の痛手は大きかった。

「小母ちゃん、あたしにお針、教えて」

「それより一緒におはじきして」

厨《くりや》へ戻ろうとすると、里と秋がまといついてきた。もうすぐ別れ別れになることがわかっているので、少しでも珠世のそばで甘えていたいのだ。

珠世は二人の手をやさしく振りほどいた。

「あとで遊んであげますよ。それまで多津どのの手伝いをしておあげなさい」

「はあい」

二人は厨へ駆けてゆく。

遠ざかってゆく小さな背中を眺めていると、久之助の幼い日の姿がよみがえった。利《き》かん気の腕白な子供。そのくせ甘えん坊で、両親の関心をひこうとひょうきんなことばかりしていた。

久之助……いつのまにやら、そなたがなにを考えているか、母にはわからなくなっていました――。

珠世は胸の内でつぶやく。視界がぼやけ、幻影は涙のなかに溶け込んだ。


「そういえば、あのときも妙でした」

矢島家の筋向かいの空き地で、多津と源太夫が話をしている。

「妙、とは？」

「いらだっているのは、このひと月ずっと感じていましたが、あのときはそれだけで

はなかったように思います。なにかに驚き、動転しているような……。わたくしども
には目も向けず、逃げるように帰ってしまいました」
「多津どの一人ではなかったのか」
「わたくしは源次郎どのを探しに参ったのです。二人は深刻な顔でなにやら話し込ん
でいました」
源太夫はうなった。
もしや、源次郎は工藤家での一件をしゃべってしまったのではないか。父親が行方
知れずだと知れば、久之助は動転する――。
「なんぞあったのですか」
「まさかとは思うが……」
工藤から聞いた話を、源太夫は多津に伝えた。
「伴之助さまが行方知れずに……？」多津は顔色を変えた。「工藤さまは、いったい
どこから御鳥見役の消息をお耳にされたのでしょう」
「ご老中のご用人さまに逢《お》うたと言っておられたゆえ、そのあたりからもれ聞かれた
のではあるまいか」
「なにゆえご老中のご用人さまがさようなことを？　そもそもご老中さまとはどなた

さまにございますか」

「わからぬ。それより、このことはだれにも言ってはならぬ。ご隠居やお内儀のお耳に入らば、いたずらに不安をかきたてる」

多津は源太夫の目を見てうなずく。ふいにとまどったように目を伏せ、

「かようなときに、我が身のことにかまけているのは気がひけます」

と、つぶやいた。

「それは拙者とて同じだ」

源太夫も太い息を吐いた。

「だが多津どの……」手を取ろうとして照れくさそうに引っ込める。「我らの身の振り方を心より案じてくだされたはお内儀だ。お内儀は我らのことを、だれよりも喜んでおられる。暗い顔をしておってはかえって心配事を増やすばかりだ」

自分の心に言い聞かせるように言う。

「さようですね。素直に幸せを喜ぶほうが、小母さまも安心してくださいますね」

見上げた多津の視線を、源太夫はまっすぐに受け止めた。

「幸せ、と申したの。まことか。多津どの」

「はい……」

多津は頬を染めた。目を伏せようとしたが、今度はうまくゆかなかった。からみ合った視線は離れない。

源太夫は手を伸ばし、大きく温かな手のひらで多津の手を包み込んだ。

「そなたの命は拙者が譲り受けたのだ。なにがあっても大切にする」

握りしめた手に力を込める。

抱き寄せようとしたとき、子供たちの駆けてくる足音が聞こえた。

六

珠世に久之助の行き先を教えたのは、菅沼隼人だった。

久之助の家出から三日目、隼人は思い詰めた顔でやって来て、珠世と久右衛門に久之助の文を見せた。

久之助は友へ宛《あ》てた文を、栗橋道場の道場主・栗橋定四郎《じょうしろう》に預けていた。この日、稽古《けいこ》に出向いた隼人は、文を一読し、その足で矢島家へ駆けつけた、というわけである。

母宛の文とちがって、隼人への文には家出の理由が書かれていた。

「沼津！」

叫ぶなり、珠世は絶句した。

「愚か者めが……。行方を捜すと言うが、あてもないのに沼津なんぞへ行ってなんとするつもりじゃ」

久右衛門は顔を真っ赤にして、文を振りまわした。

「栗橋道場の高弟の一人が、沼津で道場を開いております。久之助どのはとりあえずそこに落ちつくつもりのようです。先生に事情を話し、紹介状を書いていただいたとか。表向きは先生の代理で指南に赴くとのことで、手形その他についても、先生が手配されたそうです」

隼人の説明に、久右衛門はますます激怒した。

「道場主ともあろうお方が若造の家出を助けるとはなにごとか。その場にて引き止め、知らせを寄越すが筋ではないか」

「止めても無駄、と思われたのでしょう」

珠世はとりなした。血の気が失《う》せ、顔には焦燥の色がありありと浮かんでいたものの、声にゆらぎはなかった。

隼人もうなずいた。

「家出のきっかけは、たしかに小父《おじ》さまが行方知れずになったと知ったためです。ですが遅かれ早かれ、沼津へ行っていたような気がします。久之助どのは、このところずっと、小父さまの安否が気がかりで稽古に身が入らぬと悩んでいました。沼津藩の内情を調べてくれと頼まれて調べたこともあります。なんとしても小父さまの安否を確かめたかったのです」

「確かめるといっても、それがどれほど危険なことか……」

言いかけて、久右衛門は口をつぐむ。

「文を読み、ともあれ居所だけはお話ししておくべきだと思いました。小父さまの行方が知れぬ上に久之助どのまで行方知れずとあっては、心配でいてもたってもおられぬと思ったのです」

隼人の言葉に、珠世はあらためて頭を下げた。

「お知らせくだすってありがとうございました。主人が行方知れずになったことは、おそらく久太郎も知っているはずです。近頃、様子がおかしいと思っておりました。家人に心配をかけぬよう、ひとりで悩んでいたのでしょう。息子たちの悩みに気づかなかったは母の至らなさ……」

「いいえ。気づかれぬよう、細心の注意を払っていたのです。小母さまだけは心配させまいと」

珠世は口許《くちもと》をほころばせた。

「家人を気づかう久太郎も、父の身を案じる久之助も、よい息子たちです。二人の気持ちを知れば、主人もさぞ喜びましょう」

出来ることがあれば遠慮なく言ってくださいと言い残して、隼人は帰って行った。

「もう少し若ければ、このわしが連れ戻しにゆくんじゃが」

久右衛門は憤然として煙管《きせる》を引き寄せた。ふるえる指で煙管に煙草《たばこ》を詰め、あわただしく吸いたてる。

珠世は穏やかな目で父を見つめた。

「久之助の家出は、主どのの消息を知るためだけではないような気がいたします。自分がなにをしたらよいか、これを機会に、じっくり考えてみたかったのではありませんか。その気持ちがわかったゆえ、栗橋先生も久之助の家出を止めなかったのでしょう」

久之助は血気盛んな若者である。剣術の腕を磨くだけの毎日では飽き足らなくなったのではないか。今にして思えば、このところの不機嫌な態度は次男ゆえの焦《あせ》り、目的のない苛立《いらだ》ちだったような気がする。

「なにをしたら、じゃと？」

久右衛門はこめかみに青筋をたてた。

「どこぞへ養子に行けばよいのだ。養子の口ならわしにも心当たりがある。別段、悩むこともあるまい」

「養子の苦労は、当人でなければわかりません」

伴之助も養子である。生真面目《きまじめ》で温厚な男だから顔には出さないが、人知れず気をつかい、肩身のせまい思いをしたこともあったはずだ。

「しばらくそっとしておいてやりましょう」

珠世は厨へゆき、昂《たかぶ》る思いを鎮《しず》めようと菜を刻んだ。

父は老齢である。怒りを鎮めたい。これ以上、不安をかきたてたくなかった。そう思って、心ならずも「そっとしておくように」と言ったのである。だが張り詰めていた気持ちがゆるむと、にわかに不安がこみ上げた。

伴之助が行方知れずになったのは、由々しい事件に巻き込まれたからにちがいない。久之助は無鉄砲にもその渦中へ赴き、事件に首を突っ込もうとしているのだ。

主どの……。久之助……。

胸がつぶれそうだった。包丁を持つ手がふるえ、冷や汗が吹き出す。

いつしか菜も包丁も放り出していた。

薄暗い土間にたたずみ、珠世は呆然《ぼうぜん》と虚空《こくう》を見つめる。

七

源太夫は鬼子母神の社の森のなかにいた。

雀を捕るためではない。

大木の幹に背をもたせ、寒空を見上げている。葉を落とし、無骨な腕を天に突き立てた木々の姿は、なぜか久之助を連想させた。

久之助の面影は伴之助の温顔《おんがん》となり、えくぼを刻んだ珠世の笑顔になる。

「まこと、よきご夫婦じゃ」

源太夫は鼻をぐずつかせた。

矢島家の人々は、一度として源太夫や多津、子供たちを居候《いそうろう》扱いしたことがなかった。客間や納戸《なんど》を占領され、米櫃《こめびつ》を空にされ、二六時中かしましい子供たちにつきまとわれながら、いやな顔ひとつせず、家族同然に親しんでくれたのである。それも一日二日ならともかく、一年もの長きにわたって――。

森のなかは閑散としていた。

源太夫は周囲を見まわした。

あれはやはり冬の最中だった。久右衛門から雀捕りの指導を受けた。ちょうどこのあたりだ。一段落して振り向くと、多津が木立の陰に立っていた。

雀を捕って鷹の餌《え》にするなど、ぞっとします――。

多津は源太夫に非難の目を向けた。

あのとき、なんと応《こた》えたのだったか――。

この一年、暇さえあればここで剣術の稽古をした。仕官先が見つからぬ焦燥や、多津への思いや、己の不甲斐《ふがい》なさや……悔恨に胸をしめつけられるたびに空を見上げ、物思いにふけった。

ここには数々の思い出があった。

渋谷村へ移ってしまえば、もうめったに来られない。春になって松前へ行ってしまえば二度と来ることはないだろう……。

森を出て、社殿へ向かった。参拝して帰ろうとしたとき、鳥居の合間に珠世の姿が見えた。息をはずませ、思い詰めた顔で幾重にも連なった鳥居をひとつひとつくぐってゆく。奥まった祠《ほこら》に両手を合わせ、またもや鳥居を一巡して祠を拝む。珠世は同じことを何度もくり返していた。

お内儀は知っているのだ――。

久之助がなぜ家出をしたのか。今、どこにいるのか。伴之助が夏前から行方知れずになっていることも……。

胸を衝《つ》かれた。

いつかはわかることである。承知はしていたが、源次郎が不用意にしゃべりさえしなければ久之助は家出をしなかったのだと思うと、あらためて責任を感じた。

珠世はまだ参拝をくり返している。

声をかけようとしたが出来なかった。早足で境内を出る。

思案にくれながら畦道《あぜみち》を歩いていると、久右衛門に名を呼ばれた。

久右衛門は隠居の身になっても朝夕の鍛練を欠かさない。この日も夕べの野歩きにゆくところらしい。小袖《こそで》に野袴《のばかま》を穿《は》き、脚絆《きゃはん》に甲掛け草鞋《わらじ》といった拵《こしら》えだ。

「どこへ行っとった?」

久右衛門は探るような目で源太夫を見た。

「年が明ければ仕官の身。のんびりも出来ぬゆえ、あたりを散策しておりました」

「そこの川原で、ちと話でもせぬか」

弦巻川《つるまきがわ》の土手にあごをしゃくる。

二人は肩を並べ、土手まで歩いて行った。

春から夏、山女《やまめ》や沢蟹《さわがに》を捕った川原は索漠《さくばく》としていた。寒風が吹き過ぎるたびに川面にさざ波がたち、枯れ残った葦《あし》がいっせいになびく。

並んで腰を下ろしたものの、久右衛門はしばらく口を開こうとしなかった。動かぬ眸《ひとみ》で流れを見つめている。

ようやく目を上げたとき、眉根《まゆね》に縦じわが刻まれていた。

「小田原で逢ったときのことじゃが……」

十五年も昔の話だ。小田原藩の藩士であった源太夫と、御鳥見役、その実は密偵として小田原へ潜入していた久右衛門は、伝馬町の居酒屋で一度だけ酒を酌《く》み交わしたことがあった。たったそれだけの縁で、源太夫は矢島家へ押しかけ、居候になったのである。

「藩の役人どもが様子を探りに来たあのときだ。おぬしのお陰で救われた……」

源太夫が酔った勢いで遠縁の叔父貴だとごまかしたため、役人たちは退散し、久右衛門は難を逃れた。

「なぜ役人どもに目をつけられたか、気づいておらなんだか」

「けしからぬ絵を描いたとかなんとか、言われておったような気がするが……」

「いかにも」

久右衛門は川へ目を戻した。視線は水面をすべって、その先の鬼子母神の社の森をさまよう。御鷹《たか》部屋御用屋敷があるあたりの天空へ吸い込まれた。

「表向きはの、御鷹場の視察じゃった。が、視察は視察でも、実は貴藩の内情を探るが狙《ねら》いでの。農作物の出来不出来、港の荷揚げの状況、藩民の暮らしぶり、一番の重要な役目は地形の測量だ」

御鳥見役は日頃から御鷹場をまわって足腰を鍛えている。もってこいのお役である。

将軍家の御鳥見役には特権があった。お鷹さまが逃げ込んだと言いつくろえば、堂々と他藩の江戸屋敷へ入り込める。頻繁に侵入されては迷惑なので、各藩とも御鳥見役の機嫌をとろうと心をくばる。はるばる藩領まで訪ねて来た御鳥見役についても、腫《は》れ物にさわるように扱った。

ところが内心は戦々恐々としている。

そのあたりの駆け引きに疎《うと》い在郷の下っぱ役人が、久右衛門の行動を不審ありと見て、咎《とが》め立てしようとしたのである。

「御鳥見役にさようなお役目があるとは知らなんだ」

源太夫は驚いた。

「だれもがさようなお役を賜るわけではない。が、わしの父もわしも他藩へ赴き、何度となく危険な目に遭《お》うた。おそらく伴之助どのも……」

「なんぞ危険な目に遭っていると？」

「沼津藩としては、表だって危害を加えることは出来ぬ。が、藩の秘密を知られれば、黙って帰すわけにもゆくまい」

源太夫は久右衛門の横顔に目をやった。老いた顔に憂慮の色が浮かんでいる。

「久之助がどこまで承知した上で沼津へ参ったか知らぬが、これは、父が旅先で行方知れずになったゆえ捜しに行く、といった安易な話ではないのだ」

険しい口調で言い、久右衛門はふっと表情を和らげた。

「つまらぬ話をしてしもうたの。お役目の話をもらさば、しわ首が飛ぶ。肝に銘じておったのじゃが……」

「ご案じ召さるな。今の話、この首にかけて他人にはもらさぬ」

二人は互いの目を見つめ、うなずき合う。

「冷えて参ったの」

久右衛門は両手をすり合わせながら腰を上げた。

「大事な仕官を控えた身じゃ。風邪をひかれては多津どのに恨まれる。そろそろ戻ろう」

二人は来た道を戻り、最初に出会った場所で左右に別れた。

久右衛門は歳《とし》を感じさせない堅固な歩みで去ってゆく。

源太夫はその場にたたずみ、老人の後ろ姿を見送った。久右衛門の姿が完全に視界から消え去っても、根が生えたかのように動かない。

胸のなかでひとつの思いがふくらんでゆくのを、足を踏みしめ、拳《こぶし》を握りしめて、心の目で見つめていた。

八

「七ツ（午前四時）に城をご出立。五ツ（午前八時）前にはご到着あそばすゆえ、五ツどきより狩がはじめられるようわれらは……」

石川は書き付けから目を上げ、久太郎を見た。

「どうした？　腹でも痛むのか」

久太郎ははっと我に返った。

「いえ、別に」

「なにゆえ仏頂面《ぶっちょうづら》をしておるのだ？」

相田も探るような目で見つめている。

久太郎はとっさに片手をあごへ当てた。

「実はその……虫歯が少々……」

苦しまぎれの言い訳である。

痛むのは歯ではなく胸だ。久之助はもしや沼津へ行ったのではないか。母も祖父もそのことを知っていて隠しているような気がする。気になって、いてもたってもいられない。

「なんだ、歯痛か」石川は鼻をならした。「あとで痛み止めをもろうてやろう」

「それならよく効く薬があります。持って参りましょう」

引き止める間もなく、相田は席を立つ。

石川は書き付けに目を戻した。

今日は最終確認である。念には念を入れ、勢子《せこ》や御場拵人足の配置、昼餉《ひるげ》の用意など細々した手順を確認してゆく。その結果は、何度となく足を運んで調べ上げた御鷹場の状況と合わせて御鳥見役組頭に報告することになっている。

相田の役宅は茅葺《かやぶ》き農家を改造したものだった。建てつけが悪いので、隙間風《すきまかぜ》が吹き込んで凍えそうだ。手炙《てあぶ》りに手をかざしながら、赤くなった鼻を突き合わせて確認作業をつづけていると、

「ありました、ありました。さあ、どうぞ」

相田が戻って来て、くしゃくしゃの紙袋を手渡した。何年も置きっぱなしにしていたのか、紙は黄色く変色して、なにやら得体の知れない代物《しろもの》である。

「痛む歯の間に押し込むのです」

相田が説明した。

今さら引っ込みもつかず、久太郎は恐る恐る丸薬をつまみ上げた。

「鼠捕りの薬とまちがえてはおるまいの」

横目で眺めながら、石川が物騒なことを言う。

久太郎は思わず丸薬を取り落としそうになった。

「いや、それはたしかに虫歯の薬。おっと待てよ……腹痛だったか……」

相田は目を泳がせた。

なんとも間のわるい言い訳をしたものだと己を呪《のろ》ったものの、
ええい、ままよ——。

久太郎は丸薬を痛くもない歯に押し込んだ。

なんの薬かわからないが、月日がたちすぎて効力を失っているらしい。幸いなことに味も刺激もなかった。

「さて、では次に勢子の人数だが……」

三人は仕事に戻る。

丸薬を嚙《か》みしめ、久太郎は眼裏《まなうら》に、街道を急ぐ弟の姿を思い描いた。

九

「なんと申した？」

工藤伊三衛門は目をみはった。

源太夫は工藤の顔を見返した。

「仕官の話だが、なかったことにしていただきたい」

「ど、どういうことじゃ」

「身に余るお話なれど、ご辞退つかまつる。ご無礼の段、平にお許しくだされ。この通りにござる」

源太夫は畳に両手をつき、深々と頭を下げた。

工藤は面《おもて》に血を昇らせ、こめかみを痙攣《けいれん》させた。

「長屋の手配も済んでおる。ご家老の承諾も得た」

「重々承知。お怒りはごもっともなれど、なにとぞ……なにとぞ……」

工藤はわずかながら落ちつきを取り戻して、

「訳を申してみよ」

と、きびしい口調で命じた。

「それだけは……ご勘弁願いたい」

源太夫は苦渋に満ちた顔で応《こた》える。

「当藩の扱いになんぞ不満でもあるのか」

「めっそうもない」

「さればこのわしになんぞ……」

「一身上の理由にござる。急用にて江戸を離れることになり申した」

工藤は首をかしげた。

「果し合いの一件で、またなんぞ問題が生じたか」

「いや。そうではござらぬ。実はその……身内に……郷里の身内に頼まれた件がござ

って の、どうしても帰らねばならぬことに相なりました」

源太夫はしどろもどろに答えた。全身から冷や汗が吹き出す。

「仕官をあきらめる、と申すのじゃな」

「いかにも」

「二言はなかろうの」

「ござらぬ。ようよう考えた末のことゆえ」

工藤は吐息をもらした。

「そこまで申されるならいたしかたあるまい。当藩としてもはなはだ無念じゃが、ここはすっぱりあきらめよう」

源太夫は息をついた。

「重ね重ね、お詫《わ》び申し上げる」

威儀を正し、あらためて辞儀をした上で、よろめくように立ち上がる。

「待て」

工藤はその場で待つよう命じ、奥の間へ消えた。戻って来るなり、源太夫の膝元《ひざもと》に袱紗《ふくさ》包みを押しやる。

「これは……」

「餞別《せんべつ》じゃ。狼藉者《ろうぜきもの》を蹴散《けち》らしてくれた、その礼と思うてくれ」

源太夫は金の包みを押し戻した。

「かようなものは受け取れません。拙者はご貴殿の面目をつぶしてしもうたのじゃ」

工藤は今一度包みを押しやった。

「武士の面目など忘れよと、先だっても言ったはず」

源太夫は声をつまらせ、身をふるわせた。袱紗包みを押しいただき、ふところにおさめる。

今度こそ腰を上げようとすると、工藤は微苦笑を浮かべた。

「沼津は魚が旨《うま》い。食いすぎて腹をこわすなよ」


渋谷村から雑司ケ谷までの帰り道を、源太夫は足を引きずるように歩いた。

多津どのになんと言うたらよいのか。

久之助のあとを追いかけ、沼津へゆこうと思い立ったのは、鬼子母神の境内で珠世の姿を見たあのときだ。大恩人であり、姉のごとく敬愛する珠世の焦燥しきった姿は、日頃、人前で笑顔を絶やさぬ珠世を見ているだけに、源太夫の胸を苦しめた。

だがそのときはまだ、工藤に事情を話し、半月ほどの猶予《ゆうよ》を得て、久之助を連れ戻しにゆこうと考えたのである。ところがそのあと久右衛門の打ち明け話を聞いて、考えが変わった。

伴之助どのの行方を捜してやろう。

幕府と沼津藩との暗闘に身を投じた伴之助が哀れだった。お上はなにごとにも「体面」を重んじる。一介の御鳥見役の探索などろくにしないだろう。工藤のように「面目」だの「体面」だのを笑い飛ばす武士はめったにいないのだ。このままでは伴之助は見殺しにされてしまう。

珠世の祖父は遠出先で死んだという。死因も知らされず、骸《むくろ》も帰って来なかったと聞いている。珠世にまたもや同じ哀《かな》しみを味わわせたくなかった。

だが、問題は多津と子供たちである。

組屋敷が近づくにつれ、足は枷《かせ》でもはめているかのように重くなった。自分がたった今したことは、子供たちの将来にもかかわることだ。それを思うと後ろめたさに身がすくむ。多津にしてもそうだった。ようやく心を開いてくれた。これでまた、元の木阿弥《もくあみ》になりはしまいか。

矢島家のそばまで戻って来たところで、源太夫は棒立ちになった。

門前に多津がいた。

「おかえりなさいまし」

いつも通りに迎えたものの、先に立って門をくぐろうとはしない。なにがあったか話してくれと言うように、源太夫の顔を見つめている。

源太夫は肚《はら》を決めた。

「工藤さまに逢って来た」

「そうにちがいないと思っておりました。裃《かみしも》をつけてゆかれましたゆえ」

古着屋で買った安物の裃である。

「実はの……仕官の話だが断った」

一気に言って多津の顔を見る。

多津は表情を変えなかった。

「なぜ驚かぬ？」

「さようになさるだろうと思っておりました」

「断ったのだぞ。親子七人、路頭に迷うのだぞ」

多津はくすりと笑った。

「今も、迷うております」

「それはそうだが……」

「沼津へゆかれるのですね」

源太夫は唖然《あぜん》とした顔で多津を見返した。

「わたくしも思っておりました。このまま渋谷村へ参れば、あとあと悔いが残るのではないかと」

「多津どの……」

「春になって遠国へ旅立てば、伴之助どのや久之助どのの消息もわからずじまいになってしまいます。矢島家のご家族のことが気になって、お役に身が入らぬやも知れません」

源太夫は勢いよくうなずいた。が、すぐに眉根《まゆね》を寄せる。

「だが子らの行く末を考えると……」

「そのことなら、かえってよいのではありませんか」多津はさばさばと言った。「己の幸せしか考えぬ大人には、育ってほしゅうありません」

「沼津へ参らば、数日で帰るわけには参らぬ。危険な目に遭うやもしれぬ」

「危険を伴わぬ旅などありません」

さすがは剣術者の娘、自らも剣技を究《きわ》めた女だった。多津の潔《いさぎよ》さに、源太夫のほうが圧倒されている。

「はじめは迷いました」多津はふっと表情を和らげた。「せっかくなにもかも上手くいったのに、と、ついつい我が身のことばかり考えていたのです。なれど……それでは胸の奥に見えない傷を残します。幸せにはなれません」

お子たちのことならおまかせくださいと、多津は請け合った。矢島家に迷惑がかかるようなら農家の片隅に部屋を借りてでもいい。内職をしてでも子供たちに不自由はさせない。もっとも、珠世がそんなことを許すはずはなかったが。

「わずかですが蓄えもあります」

「銭のことなら案ずるな。工藤さまから餞別をもろうた」

源太夫は多津の手に袱紗包みを握らせた。

「なにがあるかわかりません。これはあなたさまがお持ちなさいませ」

多津は包みを押し戻した。

「拙者のことなら心配いらぬ。銭がないのは慣れている」

「それより、珠世さまになんとお話するかですね」

「うむ。下手に話せばかえって気をまわす」

「というて、話さぬわけには……」

「ともあれなかへ入ろう」

門前で長話をしていては、近所の者に不審に思われる。

源太夫は多津の背を押すように門をくぐった。

十

久右衛門がぼんやり庭を眺めているところへ、久太郎がやって来た。

敷居際《ぎわ》に膝をそろえ、もじもじしている。

「どうじゃ。大鷹狩《おおたかがり》の準備は進んでおるか」

水を向けると、久太郎は浮かない顔でうなずいた。

「進んでおります」

久太郎がなんの話をしたいかわかっていたが、あえてそのことにはふれず、

「鷹狩を軽々しゅう考えてはならぬ」

久右衛門は重々しい口調で諭した。

「石川どのにも言われました。将軍家が大名家や家臣との絆《きずな》を強める大切な儀式だと」

「さよう。御鳥見役はの、その一端を担《にな》う大事なお役じゃ。誇りを持ってことに当た

らねばならぬ」

　久太郎は顔をゆがめた。

「なれど父上のように……」

「伴之助どのも大事なお役を賜った。よいか。鷹狩が野戦とすれば、伴之助どののお役は調略じゃ。戦においては、野戦より調略のほうが功を奏する場合もある」

「つまり、父上には父上のお役、それがしにはそれがしの役目がある。我がことに専心せよと仰《おお》せなのですね」

「……ま、そういうことだ。各々、与えられたお役をまっとうする。それが男子たるものの務めじゃ」

　久右衛門はおもむろに灰吹を引き寄せ、煙管《きせる》を取り上げた。

「悩むもよい。思案するもよい。が、なにごとにも手を抜いてはならぬ。油断をすれば、雀や鶉《うずら》のように食いちぎられる。大鷹狩ではよう目を開けて見ておけ。鷹がいかに無慈悲か、それゆえいかに凜々《りり》しいか」

　久太郎は頭を下げ、出て行った。

　久右衛門は火のない煙管をくわえ、庭木に視線を戻した。孫息子の前では威厳たっぷりに諭したものの、ひとりになるや眉をひそめる。

所詮《しょせん》は非力な鳥だった。逃れるすべがあろうか。餌《え》づけをされ、飼い馴《な》らされて、〝その日〟鷹の面前で飛び立つよう、あらかじめ手なずけられているのだ。草むらにひそめば犬が嗅《か》ぎ出し、逃げようとすれば四方八方から勢子が追い立てる——。

久右衛門は深々と息をついた。

と、そのとき、雀が庭へ舞い降りた。思わず身構える。

久右衛門の目は、獲物を追う鷹の眼になっていた。


「明朝、沼津へ発《た》つ。帰りがいつになるかは、ちとわかりかねる」

源太夫の発言に、夕餉《ゆうげ》の席は騒然となった。

「どういうことだ？」

「仕官のお話はどうなるのですか。多津どのとの祝言《しゅうげん》は？」

「あたしたちはどうなるの」

皆がいちどきに口を開いた。収拾がつかない。

「待たれ」

源太夫は両手をひろげて一同を制した。

「久之助どのに逢って、家へ帰るよう説得する。拙者はしばらくその……伴之助どのの助っ人を務めることになろう。ゆえに多津どのとの祝言は延期、仕官は辞退した」

伴之助が行方知れずだということは、君江や子供たちの前では話せない。落ちつきはらって説明すると、久右衛門はさっと顔色を変えた。

「正気か。せっかくの話を……。断らば、二度と仕官は叶《かな》わぬやも知れぬぞ」

「自分のせいで源太夫どのが仕官を棒に振ったとあらば、久之助も嘆きましょう。ましてや多津どののお気持ちを思えば……」

珠世も異を唱える。

だが、子供たちは大喜びだった。

「わあい。遠国へ行かなくてもいいんだ」

「小母ちゃんや多津姉ちゃんといられるんでしょ」

「父さまはいつ帰るの。お正月には間に合う？」

口々に言い立てる。

「お正月には無理やもしれませんが、皆で一緒にいれば寂しくないでしょう？」

多津はやさしく子供たちに言い聞かせた。

「父上の代わりはおれが務める。留守はまかせてくれ」

源太郎が言えば、源次郎も負けじとばかり、

「父さまの代わりはおれだ。兄ちゃんみたいな泣き虫に務まるもんか」

「なんだと、こいつ」

「いてえ。やったな」

最後は毎度の喧嘩《けんか》である。

夕餉の後片づけを終え、子供たちを寝かせたあと、あらためて源太夫と多津は矢島家の面々に仕官を辞退した訳を説明した。

「ご恩を受けたゆえ義理を感じて久之助どのを呼び戻しに参るのではないかと思われるやもしれませんが、そうではないのです」

「拙者はその、寒いところが苦手での。それにどうも松前藩とは気風が合わぬ」

「気が進まぬまま仕官しては、工藤さまにもご迷惑がかかりましょう」

二人で決めたことだ。最後には久右衛門も珠世もうなずかざるを得なかった。源太夫が久之助を連れ戻してくれるとあれば、正直言って心強い。

「でしたら多津どのやお子たちにはこのままここに居ていただきます。主《あるじ》どのばかりか、久之助も源太夫どのもおらぬのでは寂しゅうてかないません」

多津が金子《きんす》を渡そうとしても、珠世は頑として受け取らなかった。

「路銀になさい」

「そのくらいの銭はある」

「では多津どのが大事にしまっておきなされ。源太夫どのが戻れば、祝言だ新居だと物入りですよ」

各自がそれぞれの立場で源太夫の沼津行きを肚におさめ、その場はようやくお開きとなった。

「ご心配は無用です」席を立とうとして、君江は源太夫に目を向けた。「多津さまやお子たちのことは、母とわたくしでお世話いたします」

久太郎も敷居際に両手をついて、

「弟の件、よろしゅうお頼み申します」

と、頭を下げた。

二人が出て行くと、久右衛門も腰を上げた。源太夫のそばへ歩み寄る。

「深入りはならぬぞ」

耳元でひと言、釘《くぎ》をさした。

明朝出立とあれば、わずかな時間でも二人きりにしてやりたい。珠世も気をきかせて腰を浮かせた。寝所へ引き上げようとする。

源太夫はおもむろに畳に這《は》いつくばって礼を述べた。

「お内儀。これまでのご厚情、生涯忘れぬ」

「なにを大仰な。沼津はすぐそこですよ。三日もあれば戻って来られるのです。滞在が長引くようなら、多津どのの顔を見に戻っておいでなさい」

珠世は笑みを浮かべた。

源太夫は上目づかいに珠世の顔を見て、「それそれ」とうれしそうに目を輝かせた。

「お内儀のそのえくぼが拙者、なにより好きにござった」

「おやまあ。なればえくぼを消さぬよう、せいぜい笑って過ごしましょう」

珠世は笑いながら出て行く。

茶の間には源太夫と多津が取り残された。

「くれぐれも無謀な真似《まね》はなさいませぬよう」

二人きりになると、多津は一転して深刻な顔になった。

「案ずるな。多津どのを嫁に迎えるまでは、死ぬわけには参らぬ」

「わたくしも、源太夫さまのお帰りを、首を長うしてお待ち申しております」

「多津どの」

「源太夫さま……」

こみ上げるものを堪《こら》え、二人は熱い視線を交わし合った。

十一

朝五ツ、大鷹狩がはじまった。

総勢およそ二百人の群衆が駒場野に陣を組む。

馬上の将軍は風上の高台に陣取っていた。その脇《わき》に数人の鷹匠、さらに家臣と勢子《せこ》が一間ほどの等間隔で並んでいる。風下には〝鶴翼《かくよく》の陣〟と呼ばれる弧を描いて、鷹匠を従えた大名や主立った家臣、郎党や勢子がこれも隙間《すきま》なく立ち並んでいた。

勢子は竹の棒を手にしている。犬の手綱をつかんでいる者もいた。

鶉は小さな鳥なので、草むらにひそんでいれば見逃してしまう。そこで勢子の棒と犬が風下から風上にゆっくり歩を進めながら、一羽たりと逃さぬよう追い立てる。

陣は獲物を求めて広大な駒場野を移動してゆく。ときには趣向を変え、四、五十人の小隊に分れて、大名や家臣が各々《おのおの》狩りの成果を競い合う場合もあった。

久太郎と石川は、陣から二間ほど距離を置いて、狩りの模様を見守っていた。

組頭の内藤孫左衛門以下、御鳥見役の面々は、それぞれ二、三人ずつ組になって、四方にちらばっている。狩りには加わらないが、陣の移動に伴って、やはり少しずつ風上へ動いていた。獲物の数が足りないときは、ただちに餌差しに知らせ、陣が移動する場所へあらかじめ鶉を放っておかねばならないからだ。

あたりの空気はぴんと張り詰めていた。これだけの人数が動いているのに——草を踏む足音や犬の鼻音、勢子が鳥を追いたてる「ホーリャ」「ホーリャ」という声はたしかに聞こえているのに、駒場野は静謐《せいひつ》な空気に包まれていた。鷹の発する殺気だけがあたりを支配している。

一羽の鳥も見逃すまいと二百組の目が草むらを見すえ、息を詰めて前進するさまは、鬼気せまるものがあった。体中の毛穴が粟《あわ》だち、血が逆流して、久太郎はすっかりこの場の気迫に呑《の》まれている。

鶉は絶体絶命だった。陣に囲まれたが最後、逃げ場はない。

ときおり石川が久太郎の腕をつかみ、止まれと命じた。あるいは久太郎自身がいち早く羽音や鈴の音に気づき、立ち止まることもある。鈴は鷹の尾につけた尾鈴だ。それが、狩りのはじまる合図だった。

大名や主立った家臣は鷹を手にしている。追い立てられた鶉が自分の縄張りから飛び立つや、すかさず鷹を放った。鷹は矢のごとく宙を突っ切り、空中で鶉を捕らえる。長い爪《つめ》で鶉の体をひと握りにつかむのだ。

鷹が鳥を空中で捕らえることを〝鳥結ぶ〟という。それはまさに一瞬のきらめき、美の真髄だった。

久太郎はその光景を見るたびに陶然とした。が、次の瞬間、決まって身ぶるいをする。

鷹は残酷ゆえに凛々《りり》しいと言ったのは久右衛門だ。群衆が息を呑み、賛嘆のまなざしで見とれる華麗なきらめきは、鶉にとっては〝死の刻《とき》〟だった。

生と死が空中でぶつかり火花を散らす。真剣勝負にはちがいないが、はじめから生死の役割は定まっていた。

久太郎の胸に苦々しい思いがよぎるのは、獲物をつかんだ鷹が地面へ舞い降りる場面を見るときだ。お膳《ぜん》立《だ》て通りの軌道。強者が弱者を食らう、あたりまえの光景――。

何度目かにその場面を見たとき、父の顔が浮かんだ。思わず放心していると、

「あそこで鷹匠が手を上げている。行ってみようではないか」

と、石川が声をかけた。

鷹が獲物をとらえるや、鷹匠は一目散に駆けてゆく。ぐずぐずしていれば、鶉の血肉は鷹の腹におさまってしまう。

多くの場合、鷹は獲物を丸飲みにはしなかった。鋭い目で周囲を見まわし、邪魔者

がいないと見定めた上で、おもむろに羽をついばむ。だが、鶉の場合は体が小さいので、油断は出来なかった。嘴《くちばし》が深々と肉をえぐれば、それだけで獲物の形は損なわれる。

鷹匠の仕事は、素早く持参した肉片と鶉をすりかえ、獲物を無傷のまま鷹から取り上げることだった。鷹匠が合図をするのは、遅れをとった場合である。

二人がその場に駆けつけたときは、すでに権兵衛が仕事を終えていた。食い荒らされた鶉と無傷の鶉の死骸《しがい》とをひそかにすりかえたのである。無傷の鶉は獲物の籠《かご》に入れられ、食い荒らされた鶉は一部が鷹の腹に、残りは鷹匠の腰につけた餌箱におさまっていた。

久太郎は鷹に目を向けた。

見られていることに気づいたのか、鷹は久太郎の目を見返した。美しくも禍々《まがまが》しい黄色い目とそこに浮かぶ漆黒の眸《ひとみ》、嘴からしたたる鮮血……。

「どなたの鷹ですか」

思わず鷹匠に訊《たず》ねる。あっという間に鶉を引き裂いた鷹だった。間近で見ると、妙に粘っこく、ぞくりとするような殺気を身にまとっている。

「ご老中の水野越前守さまのお鷹さまにござる」

鷹匠は答えた。

浜松城主・水野越前守忠邦《ただくに》は俊英な逸材として評判が高い。前将軍家斉《いえなり》の寵《ちょう》を得て一時期権勢を誇った沼津城主・水野出羽守忠成《ただあきら》が死んだあと、入れ代わるような形で老中に就任した。

尾鈴の音が聞こえた。こうしている間にも陣は移動している。鷹が飛び立ち、再び空中で獲物をとらえる。

鷹匠は鷹を連れて、定位置へ戻って行った。久太郎も石川と共にもとの位置へ戻る。歩きながら鷹匠の姿を目で追った。鷹匠は馬上の武士に近づき、なにやら報告していた。ということは、あれが水野忠邦にちがいない。

顔を見るのははじめてだった。遠目だが顔貌《がんぼう》はわかる。顎《あご》の尖《とが》った細面。高い鼻梁《びりょう》に薄い唇。吊《つ》りぎみの双眸《そうぼう》は鋭く、鷹のまなざしを連想させる。眺めていると、今しがた鷹と対峙《たいじ》したときのように、悪寒《おかん》が背筋を這い上がった。残酷で凜々しい……それは水野の風貌にもぴたりと当てはまる。

そのときだった。水野が顔をこちらへ向けた。

おれを見ている——。

ばかな。自分は一介の御鳥見役だ。まわりにある、なにか別のものを見ているのだろう。

そう思おうとした。が、なぜか、水野の視線は自分にそそがれているような気がした。鷹の爪に心の臓をつかまれたような……。硬直したそのとき、

「どうした？ 青い顔をしておるぞ」

耳元で石川の声がした。

呪縛《じゅばく》が解けた。

水野の姿はすでに人群れに隠れている。

「鷹の姿がまぶたにこびりついているのです。一瞬にして獲物を食らった……」

久太郎の受け答えに、石川はふふんと鼻を鳴らした。

「おぬしは御鳥見役だ。鷹が獲物を食うところなど、いやというほど見ておるではないか」

あの鷹はちがうのだ、とは言えなかった。本当は鷹でなく水野が怖いのだとも——。

久太郎は肩をすくめた。邪念を払い、狩りに心を集中した。

小鳥は、四番目の鳥居の陰にいた。

何度も鳥居をくぐったのに気づかなかったのはそのせいである。

ちちち、と声がして、珠世は足を止めた。

「おやまあ。どうしたというのです？」

息をはずませながら、その場にしゃがみ込む。

雀が羽を傷《いた》めているのはひと目でわかった。片翼をだらりとたらし、その重みで体がかしぐのか、不安定な恰好《かっこう》で突っ立っている。

敏捷《びんしょう》で用心深い鳥が、うっかり黐竿《もちざお》に捕らわれた。それともいたずらっ子に石をぶつけられたか、大鳥につつかれたか。逃げおおせたのだから、まったく飛べないわけではないらしい。

だが珠世を見ても、雀は飛び立とうとしなかった。二、三度跳ね、頭をせわしなく動かしてあたりの様子をうかがっている。

「おいでなさい」

珠世は手のひらを差しのべた。両手で抱え込むように雀を抱きとる。

まかり間違えば、鷹の餌になる命だった。それが今、珠世の手のなかにあった。仄《ほの》温《あたた》かく、ひそやかに息づくものが、無性にいとおしい。

珠世はふっと、この一年の出来事を思い起こしていた。

源太夫と多津。そして源太夫の子供たち。雀のように羽を傷め、腹を空かせて珠世の手のなかへ飛び込んで来た者たちは、それぞれ大きく変貌した。

己を捨てることで、源太夫は多津を得た。仕官の夢は消えたが、多津と夫婦になり、家族が睦《むつ》まじく暮らす夢は健在である。

多津も、わだかまりを捨てた。心寂しい女剣士は、生身の女として生まれ変わろうとしている。

今朝早く源太夫は沼津へ旅立った。

多津と子供たちも、品川宿まで見送ると言って出かけて行った。

源太夫が雪をおぶい、多津は里と秋の手を引いて。源太郎と源次郎は二人のまわりを跳ねまわっては叱《しか》られていた。

遊山《ゆさん》にでも行くような和やかな出立風景を、珠世と君江は幽霊坂の手前まで追いかけて見送った。さあ、戻りましょうと踵《きびす》を返したときだ。畦道《あぜみち》をたどって鬼子母神の社の森へ向かう老人の後ろ姿が見えた。

小柄な体が規則正しくゆれる。吐き出すところは見えないが、白い息がこぼれている。今朝も久右衛門は鍛練に励んでいるのだ。鋭いまなざしで前方を見つめ、ひたすら歩を進めながら、父はなにを思っているのだろうか。

父上と同じ道を今、主どのも歩いている——。

思わず吐息をもらしたとき、雀が羽をばたつかせた。

「どれ、診《み》てあげましょう」

珠世は雀の羽に触れてみた。垂れ下がった片翼の根元に暗赤色の固まりがこびりついていた。血痕《けっこん》かと思ったがそうではなく、鳥黐だった。モチの木の樹皮を腐らせて臼《うす》でついたもので、つきたては灰白色だが、空気にさらせば暗赤色に変わる。

「まあまあ、これがついていたのですね」

とってやろうとしたが、粘ついて容易にはとれなかった。懐紙に唾《つば》をつけてこすり、爪でかじって、ようやくのことではがしてやる。

珠世は腰を上げた。両手を高くかざす。

「久之助、飛びなさい」

源太夫や多津のように、久之助も、そして久太郎も、胸にわだかまったものを捨て、新たな空に飛び立とうとしているのだと珠世は思った。

雀はちちっとひと声鳴いて、空へ飛び立った。

雀の飛ぶさまを、珠世は見届けようとはしなかった。大空に災難はつきものだ。なにがあろうと、この後は自らの力で切りぬけてゆかなければならない。

手のひらをこすって砂を落とす。乱れた裾《すそ》をととのえ、中断していた参拝に戻った。

伴之助の無事を祈りながら、小走りで鳥居をくぐり、奥まった祠《ほこら》に両手を合わせる。

何度も何度も同じことをくり返した。

肌が汗ばんでいる。

寒風が心地よい。

きっときっと、帰っていらっしゃる――。

珠世は胸の内でつぶやいた。

十二

「おやめなさい。目に入ったらどうするのです」

多津は拭《ふ》き掃除の手を止め、源太郎と源次郎をにらんだ。

二人は茶の間で、煤竹《すすだけ》を取り合って喧嘩《けんか》をしている。天井の煤を払うはずが、これではかえって埃《ほこり》を立てているようなものだった。

多津に叱られ、源太郎は振り向いてなにか訴えた。が、口を手拭《てぬぐ》いでおおっているので多津の耳には届かない。その隙《すき》に源次郎が煤竹を奪い、部屋隅に逃げ込んだ。伸び上がって天井の煤を払おうとして、尻餅《しりもち》をつく。

ほれ見ろと言わんばかりに、源太郎が駆け寄った。渡すものかと源次郎が逃げる。またもや追いかけっこだ。

「大変な煤払いですね」

庭で竹箒を使っていた君江が、多津に笑いかけた。

「ほんにこれでは、いつになっても終わりそうにありません」

多津が苦笑したとき、里と秋が雑巾を手に駆けて来た。

「あっちは拭いちゃった」

「床の間も棚の上も拭いたよ」

「ご苦労さま。それではちょっとお休みなさいな」

「ううん。こっちも手伝ってあげる」

二人は先を争うように縁側を拭きはじめる。と、そこへ煤竹が飛んできた。

「おっと、危ない」

片手で器用に受け止めたのは、久右衛門である。いつのまにやって来たのか、泥鰌《どじょう》すくいよろしく着物の裾を尻はしょりして、頭には手拭いをかぶっている。武家の隠居の見慣れぬ恰好に、多津と君江はあっけにとられた。

「そういえば、昨年の煤払いでは源太夫どのが手伝ってくださいましたね」

君江が言うと、多津も思い出し笑いをした。

「あまりお上手とは言えませんでしたが」

二人はそろって茶の間に目を向けた。

「ほれ、雀捕りの要領で払えばいいんじゃ」

久右衛門が天井の煤を払うのを、源太郎と源次郎が目を丸くして見ほれている。

「お祖父《じい》さまが煤払いをなさるお姿などはじめて見ました」

君江が笑いながら言ったところへ、盆を掲げた珠世が入って来た。雪が大事そうに人数分の箸《はし》を抱えている。

「お蕎麦《そば》が出来ましたよ」言いかけて、珠世も我が目を疑った。「まあ、さようなことをなされずとも……」

「よいよい。足腰の鍛練と思えばこれしき……」

久右衛門は笑い飛ばした。

久太郎は出仕中。伴之助も久之助も源太夫も不在だ。矢島家は目下、男手が不足している。女たちの苦労を思いやって、久右衛門は自から煤払いの役を買って出たのである。

「父上に手伝っていただけて助かります」珠世はえくぼを浮かべた。「さ、お手を休めてお蕎麦を召し上がれ。皆さまもどうぞ」

源太郎と源次郎がいち早く駆けて来た。

「手を洗っていらっしゃい」

多津に言われ、二人はまわれ右をする。多津は里、秋、雪の三人にも声をかけ、子供たちを引き連れて出て行った。君江も勝手口に消える。

あとに残ったのは、珠世と久右衛門の二人だった。

「一年なんぞ、あっという間じゃの」

久右衛門は感慨深げにつぶやいた。

「ほんに、にぎやかな一年でした」

五人家族に居候《いそうろう》が七人。やりくりには頭を痛めたものの、今となってみれば楽しい一年だった。来年は、そんなふうに呑気《のんき》にかまえてはいられそうにない。

主どのはどこで、どのような年の瀬を迎えておられるのか。久之助はいつ帰って来るのか。源太夫どのはどうやって主どのの行方を探すおつもりか。

心配は尽きなかった。が、取り越し苦労はやめようと珠世は思った。

「いつも笑っているようにと、源太夫どのに言われました。さすればきっとよい年になりましょう」

笑顔で言う。

楽しいことがあれば、辛《つら》いこともある。荷車の両輪のようにどちらも切り離せぬものなら、笑いながら引っ張ってゆくだけの気概《きがい》を持ちたい。

久右衛門は口を開こうとしてやめ、代わりに珠世の肩へ手を置いた。

父娘はひととき、胸の内で互いの気持ちを思いやる。

「さてと、わしも手を洗うて来るか」久右衛門はいつもの口調に戻って言った。「ぐずぐずしておると、わしの分まで餓鬼どもに食われる」

言葉とは裏腹に、悠然とした足どりで出て行く。

井戸端から子供たちの声が聞こえていた。屈託のないおしゃべりに耳を傾けながら、珠世は冬枯れの庭を見渡した。

裸木の梢《こずえ》から、たったいま飛び立ったのは雀か。

鳥影が隣家の庇《ひさし》をよぎり、薄墨色の空に呑《の》み込まれてしまうと、雲がふるえ、羽毛のような粉雪が舞いはじめた。

御鳥見役の役割、及び鷹狩については、法政大学の根崎光男教授、鷹匠の室伏三喜男氏にお話を伺いました。併せて『将軍の鷹狩り』（根崎光男著・同成社）を参照させていただきました。

珠世《たまよ》さん、親友になりたいんです。

向田和子

時代小説は苦手です。漢字が多い、歴史があやふや、約束事が多そう、そう思うだけで遠い存在になり、手にしない、ましてお金を出してまで求めない、という私でした。

ひょんな事から、諸田玲子さんのデビュー作『眩惑《げんわく》』新潮社の『まやかし草紙』が送られて来て、礼状を書かなくてはと読み始めたのです。あまり細かい事を気にせず、時代小説と云《い》うことも頭に入れずにただ読もう、どんな作品を書かれるかという興味とひやかしの気分も入りまじっていたと思います。私にとって面白くない本はすぐねむってしまいます。数ページの時あり、その本の半分位の時もありますが、これが私の基準です。

ぐいぐい読ませる筆力にオタオタしながら、途中で中断するのがもったいない、こんなに読み進めたい本はそうめったにない、この時を味わいたい、風呂《ふろ》にも入らずに驚いたことにいっきに読んでしまいました。

といっても時代小説の違和感は深く根づいていました。それ以後諸田さんは沢山の小説を発表されましたが、「お鳥見女房」は一味も二味も違うのです。本を開くと風景が鮮やかに見えてくる。人物が動き始める。読むそばから、映像化してしまうのです。そしてある時は、その風景のかたすみに私がたたずんでいるんです。

「藁葺《わらぶき》屋根の点在する百姓町の向こうに、田畑が広がっている。田畑のなかを縫うように弦巻川《つるまきがわ》が流れ、川の先には鬼子母神《きしもじん》の社を囲むこんもりした森が見える。

江戸城の西北、雑司《ぞうし》ケ谷《や》は、四里四方といわれる江戸府中のはずれにある。あたり一帯、鄙《ひな》の香がたちこめている。木々の梢《こずえ》をざわめかせ、作物の葉をそよがせ、川面《かわも》を渡って矢島家の木戸門をゆらす風は、土と水と草木の息吹《いぶき》にむせかえりそうだ。」

矢島家の女房、珠世は髪は地味な島田髷《まげ》、「小柄で華奢《きゃしゃ》なのにふくよかな印象があるのは、丸みを帯びた体つきのせいだ。丸顔に明るい目許《めもと》、ふっくらした唇。珠世はよく笑う。笑うと両頰にくっきりとえくぼが刻まれる。」

「矢島家は代々御鳥見役を務めている。八十俵五人扶持《ぶち》に、十八両の伝馬金《てんまきん》をいただく身分である。当主は珠世の夫の伴之助《ばんのすけ》で、嫡男《ちゃくなん》の久太郎《きゅうたろう》も見習い役として出仕している。久太郎は十人扶持に伝馬金同じく十八両。珠世の父の久右衛門《きゅうえもん》も、今は隠居の身だが、現役時代は御鳥見役を務めた。珠世の祖父の久兵衛は御鳥見役在職中に不慮の死を遂げている。」

次男の久之助は、利《き》かん気強く、手におえない子供だった。剣術の腕は一目置かれている。長女の幸江、器量を見初められ、百三十石の旗本家に嫁ぐ。末娘の君江は少女っぽさのぬけきらない十六歳――家族構成です。

職業の「お鳥見」とは鷹《たか》の餌《え》となる鳥の棲息《せいそく》状況を調べる役職、葛西、岩淵、戸田、中野、目黒、品川の六か所にある将軍家の御鷹場の巡検と、鷹狩のための下準備が主たる任務。鷹狩の獲物は鶴《つる》や鶉《うずら》など鷹場によって異なるが、御鷹部屋で飼育される鷹の餌は雀《すずめ》。雀の捕獲も大切なお役のひとつ。何事も表があれば裏がある。裏の御役目は読んでのお楽しみに。ややこしいのはこれでおしまい。

時代を越えた、上質のホームドラマ、もっとスケールが大きいのです。

男の小さな見栄で、石塚源太夫とその子ら五人がころがりこむ、沢井多津《たづ》も不思議な縁《えん》のもと、同じ屋根の下に住むのです。

組屋敷は七十坪ほど。伴之助・珠世夫妻、三人の子、久右衛門の六人暮し。幸江が子連れで里帰りすれば、満杯。そして七人の居候《いそうろう》がくり広げる生活。

珠世さんはつぶやくのです。

「家があり家族がいて、戸外には明るい陽射《ひざ》しがあふれている。なにを思い煩《わずら》うことがあろうか。」

「迷惑と厭《いと》う気持ちはなかった。米や味噌《みそ》なら、なくなれば買い足せばいい。だが、人と人とのつながりは途切れればそれで終わり。その儚《はかな》さを思えばこそ、せっかく結ばれた縁は大切に育《はぐく》まねばと思う。」

珠世さんと私は親友になりたいんです。

「珠世は雑司ケ谷で生まれ育った。心がゆらぐとき、悩みごとがあるとき、人知れず泣きたいときは、鬼子母神へやって来る。女が心の内をのぞくのに、ここは、もってこいの場所だった。」

「わずかでも不安な顔を見せれば、家族全員が動揺する。それがわかっているから平然としている」母なのです。

「矢島家の人々は、一度として源太夫や多津、子供たちを居候扱いしたことがなかった。客間や納戸《なんど》を占領され、米櫃《こめびつ》を空にされ、二六時中かしましい子供たちにつきまとわれながら、いやな顔ひとつせず、家族同然に親しんでくれたのである。それも一日二日ならともかく、一年もの長きにわたって――。」

こんなに佇《たたず》まいのよい人々の人間模様なのです、これは読まずにはいられないのです。

ある日突然、鴨下《かもした》信一氏（演出家）からお電話があった。ＴＢＳテレビ東芝日曜劇場の代表作を小説化することになり、向田邦子の「眠り人形」も選ばれたと。そのゲラ刷りを送ります、ということでした。

「新人なのに、それがいいのよ、うまいのよ、読ませるのよ」とちょっとカン高い鴨下氏の声がいやに耳にこびりついた。

脚本は脚本として読むのがいいと信じこんでいた私はピンとこなかった。今回は〝否《いな》〟と云える立場でないことは理解できたが。

そのゲラ刷りは、さすが鴨下氏が太鼓判をおされた出来であった。お姉ちゃんの脚本がいいから、その気持がぬぐえない私でした。

その新人が、諸田玲子さんでした。

次の作品の書類を渡したいとの申し入れで、東京赤坂一ツ木通りのＴＢＳで諸田さんに会うことになった。彼女はＴＢＳの玄関前で、一点を見つめるが如《ごと》く、ミニスカートですっと立っていた。

「向田邦子さんの作品が好きです。ぜひとも書かせて欲しいのです」

強い意志がビンビン伝わって来て、こりゃ困ったなあ〜、運気の強い方に自然に流れるだろう、と思うことにしました。もう十年も前のことなのに、彼女の姿が焼きついてます。

その後も、それらの作品を文庫化する時も文句屋の私はいつも意地悪ばかりしましたが、彼女はいつも礼儀正しく、純粋に書きたい意志、作品を大切にする志が伝わるのです。

新潮文庫で『冬の運動会』『阿修羅のごとく』など脚本として出してもらっていますが、それらの作品もノベライズすることになりました。すべて諸田玲子さんです。今思うと、なんと贅沢《ぜいたく》、思わずにはいられません。

御迷惑なことでしょうが、玲子さんにちょっかいを出しています。この頃は簡単・手抜きの手料理で自宅の飲み会に引きずりこんでます。一方的に言いたい放題です。毒づいてます。玲子さんは静かに聞いてくれてます。ありがたい人です。

そんなある日、

「連載中は飛行機に乗らない」

「今書いているフロッピイは、枕元に置いて寝る」

ポロリ、玲子さんの言霊《ことだま》がこぼれた――。

書くことが大好き、作家になるべき人、選ばれた人だと、つくづく感じ入りました。

時代小説というわくをとっぱらって、〝人間を書く、人間のドラマを書く〟ことなのだと気づかされたように思いました。

「お鳥見女房」は一回は「小説新潮」に二回目は単行本として、三回目がこの文庫本です。三回も読むことはめったにありません。

「お鳥見女房」とはいつも新鮮な気持で会えます。矢島一家が、珠世さんが心から出迎えてくれるから、うれしくなってしまうのです。気どらず、飾らず、いつもの自分が、その風景の中にとけこんで、まるで一緒に生活しているように、庭先の縁側で、お茶をよばれて、芋田楽をほおばっていたりです。

陽気な静けさに、心がなごみます。

わすれていた風景の中にいる心地よさ。

土の匂《にお》いをいっぱい吸いこみ、森林浴をして、なつかしい景色の中に身を置く幸せ。

人間が描かれ、人間のドラマが始まるのです。生活の景色、人生の景色、活字と同時に自分勝手に映像化したフィルムをまわしながら、ワクワクした〝時〟がもてるのです。

心のふるさとの風景と一緒に、珠世さんと親友になりたい、のです。

（平成十七年五月）

この作品は平成十三年六月新潮社より刊行された。

諸田玲子著
誰そ彼れ心中
仕掛けられた罠、思いもかけない恋の道行き。謎が謎を呼ぶサスペンスフルな展開、万感胸に迫る新感覚時代ミステリー。文庫初登場！

諸田玲子著
幽恋舟
闇を裂いて現れた怪しの舟。人生に疲れた男は狂気におびえる女を救いたいと思った……謎の事件と命燃やす恋。新感覚の時代小説。

安部龍太郎著
血の日本史
時代の頂点で敗れ去った悲劇のヒーローたちを描く46編。千三百年にわたるわが国の歴史を俯瞰する新しい《日本通史》の試み！

安部龍太郎著
関ヶ原連判状（上・下）
天下を左右する秘策は「和歌」にあり！　決戦前夜、細川幽斎が仕掛けた謀略戦とは——。全く新しい関ヶ原を鮮やかに映し出す意欲作。

安部龍太郎著
信長燃ゆ（上・下）
朝廷の禁忌に触れた信長に、前関白・近衛前久の陰謀が襲いかかる。本能寺の変に至る一年半を大胆な筆致に凝縮させた長編歴史小説。

宇江佐真理著
春風ぞ吹く
—代書屋五郎太参る—
25歳、無役。目標・学問吟味突破、御番入り——。いまいち野心に欠けるが、いい奴な五郎太の恋と学問の行方。情味溢れ、爽やかな連作集。

宮尾登美子著

楊梅《やまもも》の熟れる頃

長尾鶏の飼育に半生を捧げたおたねさん、戦死した初恋の人を思うおしんさん……南国土佐の女たち13人が織りなす愛と情熱のドラマ。

宮尾登美子著

櫂《かい》

太宰治賞受賞

渡世人あがりの剛直義侠の男・岩伍に嫁いだ喜和の、愛憎と忍従と秘めた情念。戦前高知の色街を背景に自らの生家を描く自伝的長編。

宮尾登美子著

春燈

土佐の高知で芸妓娼妓紹介業を営む家に生まれ、複雑な家庭事情のもと、多感な少女期を送る綾子。名作『櫂』に続く渾身の自伝小説。

宮尾登美子著

菊亭八百善の人びと

戦後まもなく江戸料理の老舗に嫁いだ汀子。店の再興を賭けて、消えゆく江戸の味を守ろうと奮闘する下町育ちの女性の心意気を描く。

宮尾登美子著

朱夏

まだ日本はあるのか……？　満州で迎えた敗戦。その苛酷無比の体験を熟成の筆で再現し、『櫂』『春燈』と連山をなす宮尾文学の最高峰。

宮尾登美子著

きのね（上・下）

夢み、涙し、耐え、祈る……。梨園の御曹司に仕える身となった娘の、献身と忍従。健気に、そして烈しく生きた、或る女の昭和史。

平岩弓枝著　日本のおんな

愛を求め、自由を求め、安らぎを求め、それぞれの幸せを手探りしながら、健気に現代を生きてゆく爽やかな七人の女たちの愛の物語。

平岩弓枝著　橋の上の霜

苦しみながらも恋に生きた男——江戸庶民を熱狂させた狂歌師・大田蜀山人の半生を、細やかな筆致で浮き彫りにした力作時代長編。

平岩弓枝著　花影の花
—大石内蔵助の妻—

「忠臣蔵」後、秘められたもう一つの人間ドラマがあった。大石未亡人りくの密やかな生涯が蘇って光彩を放つ。吉川英治文学賞受賞作。

平岩弓枝著　幸福の船

世界一周クルーズの乗客の顔ぶれは実に多彩。だが、誰もが悩みや問題を抱えていた。船内の人間模様をミステリータッチで描いた快作。

平岩弓枝著　平安妖異伝

あらゆる楽器に通じ、異国の血を引く少年楽士・秦真比呂が、若き日の藤原道長と平安京を騒がせる物の怪たちに挑む！　怪しの十編。

平岩弓枝著　魚の棲む城

世界に目を向け、崩壊必至の幕府財政再建を志して政敵松平定信と死闘を続ける、田沼意次のりりしい姿を描く。清々しい歴史小説。

宮部みゆき著

本所深川ふしぎ草紙

吉川英治文学新人賞受賞

深川七不思議を題材に、下町の人情の機微とささやかな日々の哀歓をミステリー仕立てで描く七編。宮部みゆきワールド時代小説篇。

宮部みゆき著

かまいたち

夜な夜な出没して江戸を恐怖に陥れる辻斬り〝かまいたち〟の正体に迫る町娘。サスペンス満点の表題作はじめ四編収録の時代短編集。

宮部みゆき著

幻色江戸ごよみ

江戸の市井を生きる人びとの哀歓と、巷の怪異を四季の移り変わりと共にたどる。〝時代小説作家〟宮部みゆきが新境地を開いた12編。

宮部みゆき著

初ものがたり

鰹、白魚、柿、桜……。江戸の四季を彩る「初もの」がらみの謎また謎。さあ事件だ、われらが茂七親分――。連作時代ミステリー。

宮部みゆき著

堪忍箱

蓋を開けると災いが降りかかるという箱に、心ざわめかせ、呑み込まれていく人々――。人生の苦さ、切なさが沁みる時代小説八篇。

宮部みゆき著

平成お徒歩《かち》日記

あるときは、赤穂浪士のたどった道。またあるときは箱根越え、お伊勢参りに引廻し、島流し。さあ、ミヤベと一緒にお江戸を歩こう！

宮城谷昌光著
晏　子（一〜四）
大小多数の国が乱立した中国春秋期。卓越した智謀と比類なき徳望で斉の存亡の危機を救った晏子父子の波瀾の生涯を描く歴史雄編。

宮城谷昌光著
玉　　人
女あり、玉のごとし——運命的な出会いをした男と女の烈しい恋の喜びと別離の嘆きを幻想的に描く表題作など、中国古代恋物語六篇。

池波正太郎著
剣客商売①
剣客商売
白髪頭の粋な小男・秋山小兵衛と厳のように逞しい息子・大治郎の名コンビが、剣に命を賭けて江戸の悪事を斬る。シリーズ第一作。

藤沢周平著
用心棒日月抄
故あって人を斬り脱藩、刺客に追われながらの用心棒稼業。が、巷間を騒がす赤穂浪人の動きが又八郎の請負う仕事にも深い影を……。

柴田錬三郎著
剣は知っていた（上・下）
戦いの世に背を向けて人間らしい生き方を求める青年剣士・眉殿喬之介と、家康の娘・鮎姫の悲しい恋——雄大なスケールの戦国ロマン。

柴田錬三郎著
眠狂四郎無頼控（一〜六）
封建の世に、転びばてれんと武士の娘との間に生れ、不幸な運命を背負う混血児眠狂四郎。時代小説に新しいヒーローを生み出した傑作。

新潮文庫最新刊

柳田邦男著
言葉の力、生きる力
たまたま出会ったひとつの言葉が、魂を揺さぶり、絶望を希望に変えることがある――日本語が持つ豊饒さを呼び覚ますエッセイ集。

沢木耕太郎著
シネマと書店とスタジアム
映画と本とスポーツ。この三つがあれば人生は寂しくない！　作品の魅力とプレーの裏側を鋭くとらえ、熱き思いを綴った99のコラム。

唯川恵著
人生は一度だけ。
恋って何？　愛するってどういうこと？　友情とは？　人生って何なの？　答えを探しながら、私らしい形の幸せを見つけるための本。

よしもとばなな著
引っこしはつらいよ
―yoshimotobanana.com7―
難問が押し寄せ忙殺されるなかで、子供は商店街のある街で育てたいと引っ越し計画を実行。四十歳を迎えた著者の真情溢るる日記。

伊丹十三著
再び女たちよ！
恋愛から、礼儀作法まで。切なく愉しい人生の諸問題。肩ひじ張らぬ洒落た態度があなたの気を楽にする。再読三読の傑作エッセイ。

伊丹十三著
日本世間噺大系
夫必読の生理座談会から八瀬童子の座談会まで、思わず膝を乗り出す世間噺を集大成。リアルで身につまされるエッセイも多数収録。

新潮文庫最新刊

池谷裕二
糸井重里著

海馬
―脳は疲れない―

脳と記憶に関する、目からウロコの集中対談。「物忘れは老化のせいではない」「30歳から頭はよくなる」など、人間賛歌に満ちた一冊。

志村史夫著

こわくない物理学
―物質・宇宙・生命―

ギリシャ哲学から相対性理論、宇宙物理学、量子論へ。難しい数式なしで物理学の偉大な歴史を追体験する知的でスリリングな大冒険。

斉藤政喜著

シェルパ斉藤の
犬と旅に出よう

耕うん機で九州縦断の旅、子犬を連れてお遍路、元祖バックパッカー犬追悼のため日本海へ。実践コラムを加えた、ほのぼの紀行。

山本美芽著

りんごは赤じゃない
―正しいプライドの育て方―

どんな子でも、一生懸命磨いてあげるとダイヤのように光り始める――子供の世界観を大きく変えた「心を育てる」授業、感動の記録。

澤口俊之
阿川佐和子著

モテたい脳、
モテない脳

こんな「脳」の持ち主が異性にモテる！ 気鋭の脳科学者が明かす最新のメカニズム。才媛アガワもびっくりの、スリリングな対談。

小林紀晴著

ASIAN JAPANESE 3
―アジアン・ジャパニーズ―

台湾から沖縄へ。そして故郷の諏訪へ。アジアを巡る長い旅の終着点でたどりついた「居場所」とは。人気シリーズ、ついに完結。

お鳥《とり》見《み》女《にょう》房《ぼう》

新潮文庫　も－25－3

平成十七年八月一日発行

著者　諸《もろ》田《た》玲《れい》子《こ》

発行者　佐藤隆信

発行所　株式会社新潮社

郵便番号　一六二—八七一一
東京都新宿区矢来町七一
電話　編集部(〇三)三二六六—五四四〇
　　　読者係(〇三)三二六六—五一一一
http://www.shinchosha.co.jp

価格はカバーに表示してあります。

乱丁・落丁本は、ご面倒ですが小社読者係宛ご送付ください。送料小社負担にてお取替えいたします。

印刷・大日本印刷株式会社　製本・憲専堂製本株式会社

ISBN4-10-119423-8 C0193